EXLIBRIS

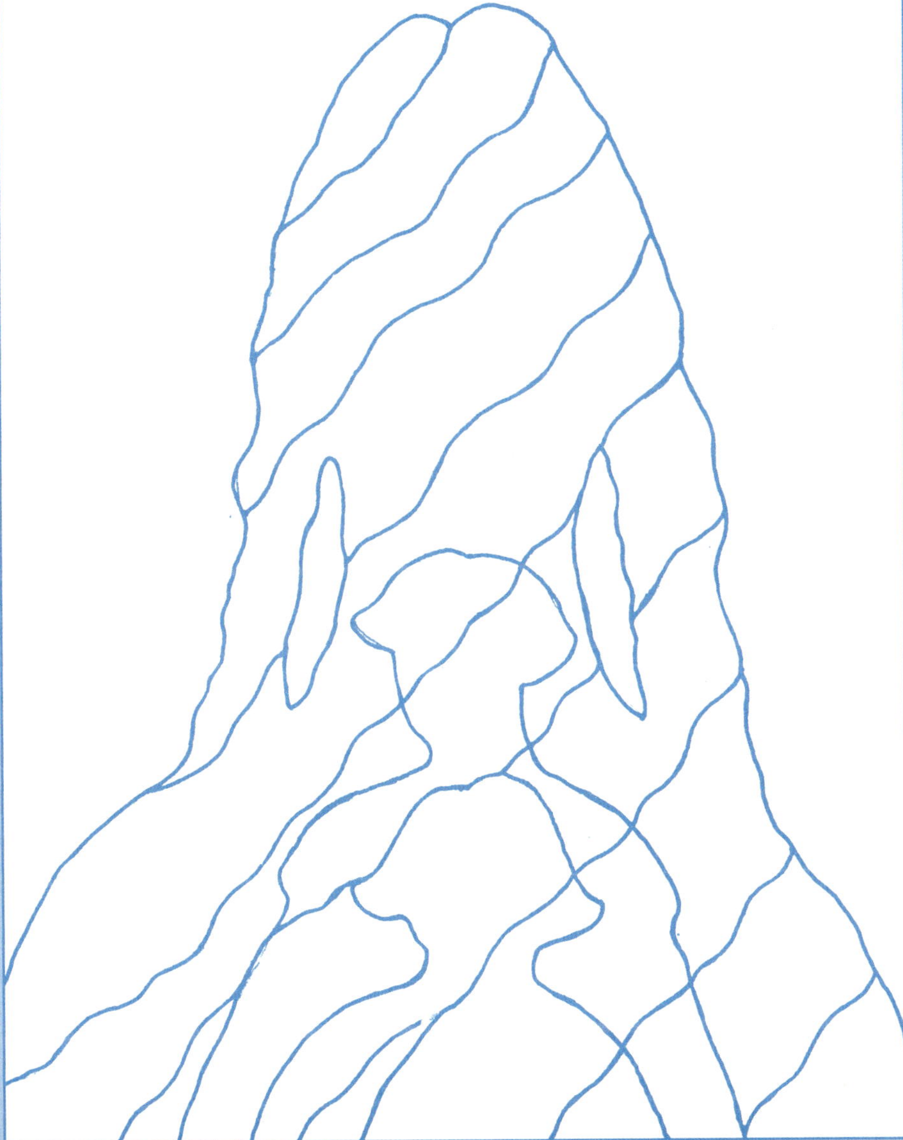

在路上
冯平散文集

冯平　著

民族出版社

冯平

儿童文学作家，理学学士，留学德国，通德文、英文。著有《我的梅梅很有趣》《美丽的童年》《梅梅的日记》，参与翻译《聚焦创新》。

前言

也许命中注定我的一生是在路上。我出生于宁夏，一岁多被送往杭州余杭外婆家抚养，后来辗转多地，远赴德国，我好像一直在路上奔波。奔波中，不免有些感触想表达，于是我断断续续地写了一些经历和感受，这些文字是我的私语，也是一种感情释放吧。

我此生最对不起的人是我母亲，希望她——我最亲爱的母亲在天有灵，能感受到我对她深深的思念和爱！

感谢宝贵敏老师从2003年我的第一本书起就对我的理解、支持和提示。尽管中间我们失联了十几年，但书又让我们找到了彼此。感恩我们的缘分。

感谢《人民日报 · 海外版》主持人陈树荣老师。约二十年前我的第一篇习作传真给《人民日报》后，收到了他的信，希望我再写些稿件，这对我是极大的鼓励！虽然我们从未通过话、见过面，但我希望有一天他能看到我真诚的谢意。

感谢所有在我的人生旅程中帮助过我的人。

感恩在我的生命中给我留下美好回忆的人。

冯平

2021年8月

目录

漫步田园

客梦

在路上

漫步田园

漫步田园

我喜欢漫步

漫步于各种独特风景

无论是春暖花开、炎炎夏日

还是秋风落叶、银装素裹

漫步着，心境变得宁静和自由

让人保持一颗童心

我也愿意漫步于各种风土人情

从而使自己变得更加开阔、包容

白雪

金叶落尽，大地萧瑟，我的心开始隐隐地等待着，等待什么呢？

是白雪，是晶莹剔透的白雪世界！

圣诞节没见到白雪，德国人很是失望。

这回，白雪终于来了，一丝丝，一朵朵，纷纷扬扬，像天女散花……

走到外面去吧，让白雪任意地抚弄我的头发、眼睛、鼻子、舌头，心里甜滋滋的。

白雪用洁白打扮着大地的一切，山脉、房屋、树枝、小草……

一夜间，这个群山环绕的小镇变成了童话世界。小镇像被一幅长长的画卷围了起来，远远望去，整个山脉像许多把巨扇展开在那里，扇面上有各种图案，有的着墨浓重，有的轻淡如梦；而那重重叠叠的山峰则仍执拗地露出它们的深褐色。

再看看那错落有致的屋顶，成了造型各异的现代艺术品，像是在哪里见过，在哪儿呢？

树枝更是千姿百态。那些高大的云杉变成了一层层晶莹闪烁的银塔，怎么一下就耸立了这么多的银塔啊。本来掉尽叶子时间飞逝，记得当时孩子们整天在雪堆里滚、爬、玩，连饭都不想吃，我为她们拍下了这张照。现在她们都已长大成人。我女儿研究生毕业已工作；女儿右边那个女孩也已大学毕业开始工作；雪堆上面那个女孩正在读大学。

时间飞逝，记得当时孩子们整天在雪堆里滚、爬、玩，连饭都不想吃，我为她们拍下了这张照。现在她们都已长大成人。我女儿研究生毕业已工作；女儿右边那个女孩也已大学毕业开始工作；雪堆上面那个女孩正在读大学。

的果树又结了稠稠的一揪揪的白雪，像千株万株的桃树、梨树开出了美丽的花朵，艳丽无比。枝条细细的矮树丛，被装扮成了缤纷多彩的烟花。最有趣的要数那些圆滚滚且繁茂的松树了，白雪一团团地压在上面，重量使得树冠不停地抖动起来，活脱脱像无数只大大小小的白熊趴在树上，调皮地逗着行人。

走到山脚，有几处云杉挤在一起的地方，白雪给它们抹上了浓重的色调，像是条条瀑布从半山腰流了出来，让人感到清凉、幽深，我禁不住屏息聆听，仿佛听到了生机勃勃的瀑布声。

孩子们穿得比任何时候都艳丽，红的、黄的、绿的、蓝的、紫的……

他们也比任何时候都快乐，做雪人，打雪仗，滑雪……

他们就这样一整天在雪地里爬呀、滚呀、拧呀、闹呀，忘了吃饭，忘了时间。

成人也忍不住和孩子玩了起来，跟着“咯咯咯”地笑起来……

我踯躅于白雪世界里，不胜惊喜，想象着诗人岑参当时一定也惊异于这样的一幅图景，就有了“忽如一夜春风来，千树万树梨花开”的诗句。

白雪给我们带来了纯洁、美丽、和平的世界。

森林幼儿园

自从女儿上了幼儿园后，她就不停地画呀、剪呀、粘呀的，家里到处都是她的“艺术品”。同时她又不断地带回来贴有信的各种手工制作；信的内容都是幼儿园的活动计划及注意事项。其中让我感到非常好奇的是女儿常提的“森林幼儿园”。

第一天见女儿从“森林幼儿园”回来，脏脏的、泥泥的，我问她干什么了？她说他们在森林里有个小屋，还在那里滑滑梯了，又说碟子是用泥巴做的……

我更纳闷，在森林里还有这些设备？好在幼儿园每天允许一位家长参加观摩，我也报了名。幼儿园共两个组，三岁至六七岁（有的孩子七岁上学）的孩子混合在一起共四十多人，四个幼儿教师。

那天，天气晴朗，孩子们一对对手拉手地出发了，教师芭芭拉拉着一辆木车走在前面，木车里放满了东西。山就在幼儿园附近，孩子们一走进森林就兴奋起来，有的捡树叶，有的找到了蜗牛，走了约三百米远，孩子们拐进了树林深处。只见那里已经用绳子围出了几块可供孩子们活动的地方。几个教师从木车上取出粗绳子绑在几棵大树根上，小家伙们就一个个沿着绳子爬到了底下的一块凹地里。另一侧有个平滑的斜土坡，就是女儿讲的“滑滑梯”了。在树与树之间还有几个用绳子做的秋千。女儿说的这是女儿上幼儿园时，我去参加“亲子幼儿园”时拍的。记得当时孩子们喜欢接近我，一点陌生感都没有，这让我和小孩子们度过了开心的时光。

这是女儿上幼儿园时，我去参加“森林幼儿园”那天拍的。记得当时孩子们喜欢接近我，一点陌生感都没有，这天我和小孩子们度过了可爱的时光。

“小屋”不过是用干树枝搭起来的，有几个孩子坐在里面，让我想起了印第安人草屋。几个孩子在下面挖泥巴，一个老师对我说这里的泥巴可以做瓷器，泥巴果然黄黄的，很黏。

一会儿芭芭拉吹起了哨子，孩子们又一个个攀着绳子爬了上去，这时一个男子走过来。这个男子是护林员，他给孩子们带了不少鸟的标本，以及鸟窝、鹿角。护林员早已把这些标本放在了森林的不同处，然后带孩子们去找，再介绍它们的名字、吃食和特性。

早饭时间到了，大家先围坐在一起唱歌。正唱着，突然一声悠扬的鸟叫声，一个孩子叫道“鸟”，芭芭拉说：“让我们先来听听鸟叫吧。”于是我和孩子们静静地聆听了一会儿那沁人心脾的鸟的歌声。

听听鸟的歌，吃完早点又接着玩，孩子们无所顾忌地在树林里爬上滑下、躲来藏去。有的挖着泥巴，有的采集小花小草。他们尽情地感受着泥土的气息。回家时两个小家伙还送给我用黄泥做的草莓和蜗牛，做得像极了，我把它们放在窗台上慢慢地欣赏着。

后来我也给女儿买了雨衣雨裤。女儿说护林员又去了，他带去了小树苗。他带领孩子们去找了几个种树的地方，然后和孩子们一起把树苗种在了大树的旁边。护林员说，有一天这些幼树也会长成参天大树。

从表面上看，德国的孩子在幼儿园只是玩，但若回忆一下他们的活动，就会发现这“玩”中的奥妙。上半年女儿在幼儿园的活动有：狂欢节、复活节、儿童节、森林幼儿园。庆祝狂欢节其实只需一个上午，但孩子们围绕“狂欢节”进行了近两个月的活动。

今年狂欢节题目是“职业”，于是孩子们开始画爸爸、妈妈是干什么的。看着墙上的画，画得并不完美，但孩子们动了脑子，发挥了他们的想象力。手工制作也是围绕“职业”进行的。还请来了曾当过护士的妈妈和消防队员、警察分别给小家伙作介绍、示范。看到女儿手上的绷带把我吓了一跳，当时四岁的女儿则大笑我上了当。狂欢节这天我说让女儿扮个医生吧，家里正好有玩具医生盒，可女儿想了一想说要当婴儿护士。有的小家伙装扮面包师，有的当警察，有的扫烟囱……他们对他们的“职业”非常满意。

德国的幼儿园很注重运动，他们认为学前孩子的运动比什么都重要，因为运动可以让身体长得结实，可以增强肢体的平衡能力；不仅对身体极为重要，运动对智力和心理的发展也极为重要，运动会让孩子有更强的承受压力的能力，并能充分发挥他们的想象力。

德国幼儿园看上去很自由，孩子们不学一个字母和一点算术，但幼儿教师通过像“森林幼儿园”等各种活动，让孩子们去认识大自然，学习如何与人相处；教他们遵守交通规则、遵纪守法等等。

说真的，当初得知德国的幼儿园教师要有四年的学习期（第一年实习、第二年和第三年理论课、第四年实习）时，我真不能理解。现在想想，幼儿教师对孩子甚至对整个社会都是重要的，他们随时都要引导、培养幼儿的行为和能力。其实，所有类似“森林幼儿园”的娱乐活动都是有意识的，也是有意义的。

金秋湖畔

得知我那慈爱的舅舅去世了，乡愁和忧伤阵阵袭上心头。

金秋时节，我来到小镇湖边。宁静的湖畔，秋风习习，温柔的阳光让我的每个毛孔都感受到了暖意，我的心渐渐地放松了下来。呵，能投入到大自然的怀抱可真好。

湖里有几只白天鹅在水面上惬意地游动，那逍遥自在的样子真令人羡慕；慢慢地又过来几只灰色的，最后是一大群白色和灰色的天鹅。听说灰天鹅是白天鹅的孩子，羽毛还没变白。一对白天鹅优美地滑出水面，翱翔起来，跟着又飞起一双，然后又是一双……它们像是知道我的心，在逗我乐呢！优雅高贵的天鹅啊，它们所到之处带给人们的是美和爱。

一阵风吹过，湖水抖动了起来，我恍恍惚惚觉得回到了那遥远的故乡，看到了小时候天天见到的那片湖水——一个多么美丽的地方啊！可是现在却变了样，水不那么清了，童年的玩伴不见了，我亲爱的外婆始终没见到，现在连我亲爱的舅舅——他一直是把我当成他最宠爱的小女儿的，也永远地离我而去了。

起伏的山脉俯视着湖水，我刚一抬眼，一面金黄金黄的绒壁耀入了眼帘，我惊讶极了，一幅漂亮极了的油画！——不，用油画形容是不够的，她分明一闪一闪非常温柔地注视着我，安慰着我；微风吹过，叶子轻轻地点头，又发出阵阵婆娑声，像一位满身金衣的美丽女神。她是那么温和，那么恬静，我的心不由自主地颤动了起来……融进了这金色里，我趴在她的怀里，叙述着内心的忧伤。

忽见三个孩子提着三只别致的篮子在旁边捡马栗子，偶尔将羞涩的目光投向我，像是三个小天使，我这才从那“美丽女神”里醒过来——原来我们脚下也是一层厚厚的金黄和金黄；叶子是那么大，每枚叶子都是由棕、橙、黄、红组成，然而千千万万枚叶子中没有两枚是一样的。那叶子一片一片地从树上落下来，静静地、无声无息地铺在了地上，原来也是这么美，我梦幻般地沉醉在沁人心脾的金色里……

回来时，我的心染上了一层宁静的金色。

德国小镇的秋天是慈爱的，她能抚慰一颗悬着的、忧伤的心。

一次，在小镇的一个山坡上散步，看到了一幅幅温柔的风景，不由自主地用手机拍了下来。

秋天像一位恋归的风景，宁静而美好！

一次，在小镇的一个山坡上散步，看到了一幅幅温柔的图景，不由自主地用手机拍了下来。

秋天像一位慈祥的母亲，宁静而美好！

烧烤

夏日，山脉浓绿，天空蔚蓝，阳光灿烂，碰到这样的好天，我们的邻居们自然是要尽情地享受一下，大家又定下了烧烤日期。

自从搬到这个小镇后，烧烤慢慢成了我们邻居间的一道风景。这次烧烤和往常不同，通常是每家各自带烤肉和香肠，色拉和甜点则大家混着吃。这次是要烤一只小猪，就像慕尼黑啤酒节里的烤猪那样，而且烧烤的阵势极可观，远近邻居有十家参加。

烤小猪不是件容易的事，先要到农家去订猪，还要借来烤猪的特殊炉子——那个像小床似的炉子是一个邻居的朋友自己制作的。上午，几个男人就开始忙碌了，拿炭、木柴、架炉子等；女人们做蛋糕、色拉，我给大家做了中国凉菜和虾片。

小猪烤了五个多小时，几张长桌、长凳摆在半个足球场大的空地上，各种色拉和饭后甜点都摆在了大桌上。女孩们（邻居中女孩比较多），为了感谢大人为他们创造的这个特殊场合，私下里编排了一些幽默小品。她们用纸板做了不同的道具，每个小品还换上不同的服装，讲着南德方言。女儿在北德出生，但在南德长大，方言也是地地道道。孩子们天真活泼的幽默剧，把大家逗得哈哈大笑。

女孩们表演完节目，肉也烤好了，女士在先男士在后，排队领取烤肉。露天下，大家拿着碟子排着长队等待这块烤肉，那样子既可爱又滑稽。烧烤师傅带着一个大围裙，经过五六个小时的烘烤，脸也油亮亮的，他听到了大家的称赞声感到很满足。

正当大家吃着笑着，忽然一团乌云恶作剧似地飞到了我们的头顶上，吓得大家急忙往车库里搬桌椅，可是只落下几滴雨水，天空又调皮地变得蔚蓝，好像在照顾我们的情绪。大家边吃边喝边聊，孩子们蹦来跳去玩着游戏，这一天他们是最快活的。

天渐渐黑下来时，有人取来木柴在大铁炉上架起了篝火。有的把家里阳台的靠背椅都搬了出来，以便大家舒服地围坐在篝火旁。有人唱起了歌，孩子们听到歌声一个个跑来跟着唱起来，渐渐地所有人都唱了起来，我女儿夹在孩子们中间唱得也很起劲。很奇怪，德国人不管年长年少都会唱这些歌，能唱歌多好！他们唱着歌，一会儿打手势、一会儿摇头摆腰……歌声惊动了旁边的树林，树林发出轻微的欢语。一位男士情绪高昂，又把他的吉他和乐谱从家里取来，有人从车库接通电源，他和另一个女邻居（她是教堂合唱团的成员）尽情地为大家演唱了起来……

夜深了，小星星爬上了天空，窥视着我们，聆听着歌声。大人取来毯子裹在身上；孩子唱累了，趴在父母怀里。

在这柔和的月光下，我坐在篝火旁，脑子里又浮现出小时候夏日的傍晚，和外婆、舅舅一家子人在院子里乘凉的情景：那暖烘烘的热气里，忽然有一丝丝凉风吹来，我坐在长凳上，舅舅喜欢躺在竹榻上，我偎依在外婆身旁，她手上摇晃着一把芭蕉扇，我总要到困极了才让外婆陪我进屋去睡觉。而现在我则是和一群德国邻居坐在星光闪烁的月光下享受这美妙和谐的夜晚，家乡的星空应该也是这么美吧。

邻里间的淳朴友善关系让这个世界变得亲切可爱起来，也减轻了游子乡愁。

玫瑰

三年前在我门前种了两株玫瑰，现在枝繁叶茂，花儿密集，一株像团火，另一株则似雪花白玉。邻居们都称赞我的玫瑰，我这才有所醒悟，认认真真地欣赏起我的玫瑰花来。

一直以来，只是梅花占据着我的心，梅花的傲骨和高雅让我对艳丽耀眼的花儿不屑一顾。我送给女儿一个"梅"字，并早早教会她背古诗："墙角数支梅，凌寒独自开。遥知不是雪，为有暗香来。"

可今天我对玫瑰也有了一种特殊的情感。

搬来小镇居住，我们有了一片小小花园，为了料理小花园，对植物和花卉一窍不通的我去向一位德国邻居请教。

我说："只种不娇气的花，而且要花季长的。"

她说："那就种玫瑰吧，可以一劳永逸，只要夏天给点水、秋天修剪一下就行。"

于是，我随便在一个超市买了三株小玫瑰，种在花园里，虽然花儿细小，却一直开到深秋打霜。另一位邻居见了也喜欢，她也在她的大花园里种了些玫瑰。她买的玫瑰品种优良，大花朵的，红的、黄的、粉的、紫的、橙的，各色各样，让我大开了眼界，原来玫瑰是万紫千红的。

我想在门前再种两株玫瑰，又去请教这位邻居。

记得那天天气晴朗，邻居们的心情都很好，纷纷过来夸我的玫瑰这么漂亮。于是我开始仔细端详起我的玫瑰花朵，并拍了这张照片。

以前我从来没有这么去观察和欣赏过玫瑰，激动之下才有了写《玫瑰》的念头，这篇文章也是由此而来。

记得那天天气晴朗，邻居们的心情都很好，纷纷过来夸我的玫瑰这么漂亮。于是我开始仔细端详起我的玫瑰花来，并拍下了这张照片。

以前我从来没有这么去观察和欣赏过玫瑰，激动之下才有了写《玫瑰》的念头，这篇文章也是由此而来。

她说，在某个地方能订到品种好的玫瑰，她还准备再订一两株，可以帮我订。问我喜欢什么颜色的，我说最好是她花园里没有的，因为我们两家花园没有设置篱笆，是连通的，可以互相观赏。她说有一种白玫瑰带粉点的很好看，于是她帮我订了一株粉红的和一株白玫瑰。

花送来了，邻居高兴地对我说，她自己实在喜欢白玫瑰也订了一株，准备种在西北面，东面我种一株，一定不错。来年春天，我那粉红的玫瑰稀稀落落地开出了大朵的花儿；那株幼嫩的白玫瑰也羞涩地张开了几朵。我这位可爱的邻居见了惊喜万分却又有点失望地对我说，花匠送错了花，她订的那株白玫瑰现在开出了粉红色花儿了，但立即又高兴地说："没关系，反正在我这里能看到白玫瑰。"

两株玫瑰一天天地长大，粉红色的健壮地攀岩着花架，严肃的表情发出热烈的光彩。白色的是灌丛花，繁花朵朵，冰清玉洁。她们想赢得我的欢欣，要占据我心头的一角，瞳瞳阳光下，她们对我表示着亲切的爱意！

我满怀柔情地剪下了几枝玫瑰，做了一束美丽的盆花：晶莹剔透的白玫瑰拥着鲜艳的粉红玫瑰，夹些绿枝，真是灵灵欲动，楚楚动人；再拿起来闻闻，喔，花香阵阵袭来，突然我脑子里跳出"花袭人"来：《红楼梦》里贾宝玉读了陆游的诗"花气袭人知骤暖，鹊声穿树喜新晴"，给他的贴身侍女起了这个名字。而现在恰好是这个时节。

玫瑰貌似很高洁，虽满身带刺，却朴实平和，没有任何奢求，春天慢慢地张开花蕾，发出清香，直至初冬。

在国外过节

生活在国外，我们多了一份惆怅，我们的孩子也缺少了许多亲情，而节日可以增添我们家庭的温暖和爱，对孩子来说十分重要。我们常过的节日有复活节、圣诞节、圣尼古拉节，还有中国的春节。

我们过复活节是很偶然的。我和儿子刚到德国不久的一个早晨，丈夫的导师给我们送来了一份礼物——小孩玩沙子用的小塑料桶、小铲、小碗等。他嘱咐我将礼物藏起来，我便把它藏在了儿子的床底下，叫不到两岁的儿子找……儿子找到后那喜出望外的笑脸，像一片阳光洒在了我的心头。后来我才知道这是“复活节兔”送孩子的礼物，儿子去儿童游乐场常常带这套玩具玩沙子。

我年年给儿子藏复活节礼物，天好的时候去公园里藏，这样我们可以做一次郊游。儿子像只小狗似的在树丛里扒来扒去，在长满野花的草地里找我撒在上面的五颜六色的巧克力。那里有野兔跑来跑去，儿子以为礼物真是兔子带给他的，他对兔子也怀有了一份特殊的感情。

我们全家过第一个圣诞节时，丈夫带着我和儿子去买了圣诞树，一家人围坐在点着蜡烛的圣诞树旁，听着圣诞歌，吃着水果、点心……儿子那张幸福的笑脸把我平时的烦闷扫得一干这一年，儿子在慕尼黑大学研究生毕业，刚开始在西门子工作。我陪女儿在德国读高中，丈夫在上海工作。圣诞节一家人都回到家里，聚在一起享受家庭的温馨。

这一年，儿子在慕尼黑大学研究生毕业，刚开始在西门子工作。我陪女儿在德国读高中，丈夫在上海工作。圣诞节一家人都回到家里，聚在一起享受家庭的温馨。

二净，满心全是快乐与温暖。有了女儿后，过圣诞节更是我们家的大事。记得女儿三岁那年的圣诞，大地银装素裹。女儿担心地说："这么大的雪，圣诞老人来送礼物，他的大靴子会把我们的客厅踩脏的。"儿子马上说："圣诞老人带擦布了，他又会给我们擦干净的。"女儿这才放心地出了门。她给圣诞老人写过信、画过画，当然都是我去给她"寄出"的，直到八岁她才怀疑这个圣诞老人是我。不过圣诞节是一个家庭团聚的大节日，也是德国的最大节日，像中国的春节，即使孩子长大成人也会赶回家来过圣诞节。

在德国，还有一个小小的节日——圣尼古拉节。本来我是不把它当回事的，可是12月5日这一天，儿子从幼儿园回来，要我把洗净切好的水果和红萝卜放到门口去，说圣尼古拉来送礼物的时候饿了、渴了，就可以吃，因为12月6日是圣尼古拉节。我赶快给他准备了一份礼物放在了门口。第二天他看到礼物问我，圣尼古拉来时我有没有看见。我说我睡得早了点没看见，心想小孩子怎么会这么可爱！

儿子八岁那年，我以为他不相信圣尼古拉了，就没给他准备礼物，谁知他早晨起来门里门外找了个遍，失望地上学去了。我想难道他还相信圣尼古拉送礼物？那天我正好身体不适请了病假，想想还是出去买了一个小礼物放在门口。他放学回来看到礼物说："今年的礼物没有去年的多，肯定是我没有把那只长靴子放在门口的缘故。"接着，他翻箱倒柜地找那只装礼物的长靴子，说："明年的这一天一定记住把它放到门口去，还要给圣尼古拉准备吃的东西。"因为放长靴子可以让圣尼古拉把礼物放在里面。孩子的这份富有幻想的天真可爱我不忍心去破坏，这个圣尼古拉节我们一直过到孩子们知道谁给他们送礼物为止。

中国的传统节日——春节，我们每年都过，孩子们融入外面世界的同时，也不忘自己的根。年三十我会做一顿中国饭，告诉孩子们新的生肖属相意味着什么，等等。孩子们也会得到压岁钱，全家其乐融融。春节期间，我让女儿穿唐装去上学，她很乐意。老师问了她不少关于春节的事，还让她到黑板上去写中国字。女儿回来说："我在黑板上写的中国字没有在纸上写得好看，但是我可以让德国人看看中国字是怎么写的，我又觉得很自豪。"

读书夜

读书真好，如果你的孩子也喜欢读书那真是好上加好。

我们镇的暑假活动里有一个读书夜节目，能参加读书夜的孩子这一夜可以在镇图书馆通宵读书。读书是女儿的最爱，去年暑假她报了名，可由于年龄小没能参加，为此她常常抱怨。

一天，她突然来了灵感："妈妈，其实我俩可以自己搞个读书夜，你不是也很喜欢看书吗？"我问怎么个搞法，她说可以在她房间里读一夜书，这不就是读书夜了吗！我觉得也对，那就在假期试试吧。狂欢节有一周假，我和女儿搞了一次读书夜。读一通宵受不了，但我说我们一直读到困为止，我在女儿的房间里放了一个床垫，我就睡在她的房里，女儿乐开了花。

这天晚上我们要求家里的两个男人（丈夫和儿子）不要来打搅我们，我们把房门关上，仿佛把一切世俗烦恼都隔在了门外。我们放上了我们喜欢的音乐，并不是所有的音乐都可以用来读书听的，但有的音乐会使人心境安宁。放的是爱尔兰姐妹唱的歌，是我俩最喜欢的，百听不厌。我们听着音乐，读着各自的书，一种怎样的快乐！坐在女儿的房间里读书就像置身于百花开放的乐园，房间里挂着女儿不同年龄的照片，和儿子小时候的照片，还有女儿的玩具、女儿的书籍……一切都是稚气可爱的。我的心灵顿时变得轻松愉快起来，此时我什么也不会去想了。

女儿说我不能只读中文书，也得读一会德语少儿书。女儿小的时候我为了给她读故事，总找些德语读物来看，现在女儿根本不需要我给她读了，少儿书我读得越来越少。女儿的建议很好，我再来读读她的少儿书吧，让我再来闻闻孩童世界的清香。

我们沉醉在各自的书里，谁也不同谁说话。我读了一会儿德语少儿书后就读我喜欢的散文。哦，那些琼浆玉液般的文字，什么时候读都会让我感到心满意足，这些美文真是百看不厌。居然有人把他们的思想感情描述得如此醇香精美，实在了不起。没有任何东西能比得上一本好书给人带来的快乐！女儿九岁，开始喜欢读少儿侦探书和童话书之类，她在读新近买来的书。

坐久了我们会动一下，我和女儿会心地笑笑，这时我真不知道自己是女儿还是母亲了。有时女儿会情不自禁地说，这个作家的想象力真丰富。还有什么能比得上我和女儿一起读书时感到的幸福呢！夜深人静，这个世界只属于我俩了。

第一个读书夜我们搞到半夜一点，我睡在女儿床边的垫子上，我们都睡得很香，醒来时我们互相笑笑，伸个懒腰，昨晚的快乐还留在我们的身体里。后来我们每个假期都会来一次读书夜活动——哦，和女儿一起读书真是一种至美的享受。

西洋老歌舞会

从没进过舞场的我，第一次参加了我们镇举办的西洋老歌舞会，是同我们跳舞俱乐部的人集体参加的。

说起跳舞还有一段小故事：我先生为了保持体重和健康非要出去健身，我说他每天十几个小时在外面，晚上再出去，说得过去吗？他说我可以同他一起去健身。可我就是不喜欢健身房的那些器械，冷冷的，硬硬的，毫无表情。

听说我们镇有个跳舞俱乐部，但具有一定跳舞基础的夫妻才能加入。我们觉得不错，这样两人可以一起出去活动，既做了运动，也有了一点两人世界，女儿已经大些了，可以让她哥哥带。我们先去舞校学跳舞，然后加入到跳舞俱乐部。跳舞是一种享受，听着音乐、踩着舞步，不知不觉中出了一身汗，本来有些疲倦的身体，一个半小时跳下来反而变得轻松愉快了。

西洋老歌舞会只容许三十五岁以上的人参加，也就是说，真的是个中老年舞会。票早早就卖完了。有现场乐队伴奏演唱，歌曲全是六七十年代的老歌。舞厅里坐满了一对对的中老年人，灯光闪烁，墙壁上挂满着六七十年代的明星像，他们都留齐耳长发，穿着大喇叭裤，样子滑稽可爱。嘹亮的歌声打破了小镇的宁静，人们一对对地走到舞台前跳了起来。我感到有点拘束，因为舞曲不是我们学过的，都是迪斯科舞曲，再看看有些人跳得那么疯狂，就更不好意思上去蹦了。只得静静地看着那一对对拥着、跳着的人群，他们当中有的已是满头银发，足有六十多岁了，但看上去却那么和谐、富有，他们相拥着、凝望着……看见女儿的一个德国小学老师，她先生一直把她的一只手贴在胸口，搂着她不停地跳着……我在心里感动着，他们同甘共苦几十年，现在儿女成人了，他们可以独享自己的一份爱情。来跳舞的也有几对熟人，他们有的把孩子送到爷爷奶奶家，有的孩子大了可以自己待在家里了。热烈的气氛感染着我，我和先生走上前去，混在人群里，踩起舞步跳起来……这种感觉真好，仿佛自己年轻了好几岁！这时我发现这些跳舞的中老年人一边跳着舞还一边唱着，他们都会唱这些西洋老歌。

是啊，我们和德国人完全是在不同的环境里长起来，我们小时候唱过什么歌呀，更没跳过舞，而我们的孩子却要和他们的孩子融合起来，我们常常不能理解我们的孩子。

本来乐队到凌晨一点要撤的，由于观众的强烈要求，加演了半个多小时，等我们回到家快两点了，可我仍很兴奋。丈夫说：儿子周末和朋友去迪斯科也是这样的，我才恍然大悟。我不能理解儿子为什么去迪斯科总要那么晚回来，十八岁以前还有法律限定，二十四点以前必须回家，过了十八岁就可以玩到很晚。为这事我常同他大动肝火。

从没喜欢过舞会的我，第一次体验到了舞会的情趣。丈夫问我下次再有这样的舞会还去不去，我笑笑说："还去。"

要说我和丈夫在一起的时间并不多，他总是很忙，我们一般各忙各的。而跳舞是我们都比较喜欢，也是唯一两人一起每周一次的一项活动，直到去上海我们从未中断过。从上海回来后我们又立即加入到了这个俱乐部。

这是我们跳舞俱乐部的服装，不久前去参加队形舞表演。

要说我和丈夫在一起的时间并不多，他总是很忙，我们一般各忙各的。而跳舞是我俩都比较喜欢，也是唯一一项两人能共同参与的每周一次的活动，直到去上海我们从未中断过。从上海回来后我们又立即加入到了这个俱乐部。

这是我们跳舞俱乐部的服装，准备去参加队形舞表演。

邻居家的爷爷去世了

我们搬来这个德国小镇已有十来年了。

由于大家相处得比较和睦，邻居们常聚在一起烧烤。有一对邻居的父母也常来参加。这对老人七十多岁，常来儿子家。儿媳生孩子时，老两口每周来取脏衣物，洗干净烫好后又整齐地送回来，老太太为两个孙女织了各种漂亮的毛衣。

有一次女儿在她家玩，老两口给孙女送来了生日礼物，抱着孙女逗着玩。女儿羡慕地跑回来说，她也想要这样的爷爷奶奶，我听了心里一阵发酸。我们东奔西跑地走了不少地方，最后孤家寡户地落在这个小镇里，远离亲人、朋友，儿女们体会不到他们的德国朋友们这种隔代的亲情。

今年夏天我们又一次聚在一起烧烤时，我看见只有邻居老奶奶在，便好奇地问："彼得，怎么只有你母亲来了，你父亲呢？"他说："父亲已经去世了。"这时老奶奶忧伤而平静地看着我。我简直不能相信，觉得是开玩笑，但又不像。两个月前，我还看见老人和他的孙女在一起玩来着。我悄悄问邻居，说是两个月前突然去世的。老人早上起来去一个体育俱乐部帮忙，由于去得早，他突然喘不过气来，当时没人在场，等发现再叫医生已经晚了。

记得几年前，我去幼儿园接女儿，邻居爷爷去接孙女，有人问他的退休生活是不是很清闲时，他说比上班时还忙呢。先是装修自家的房子，再装修女儿家的和儿子家的。一会儿女儿家需要帮忙，一会儿儿子家需要他，反正是没歇过（我认识的德国人几乎都是自己装修房子，德国的人工很贵，叫人装修的话花费会很大。他们好像也习惯了自己做，像这位老人讲的父母、亲戚互相帮忙装修房子确实比比皆是）。他是一位高大、健康、开朗的老人，他的突然离去我们都觉得有点遗憾，因为他对我女儿也很友好。

老奶奶一人生活，完全没有了以前的笑容，虽离儿女只有几公里路，但她不能开车，周末儿女或去看她，或接来团聚，仍觉得不是办法。女儿尽管有一套房子带花园，因有四个孩子没法把母亲接过去。现在他们找到了一套特大的房子，女儿决定卖掉老太太和她的房子，买下一套大房子。老太太单独开灶，独自有一套房，但和女儿一家住在一幢房子里。

来到小镇后我发现镇里大多数人祖祖辈辈都生活在这里，大多数邻居都没去过北德，虽然他们去海边度假。有的邻居的子女已经长大，从学校出来后直接进公司进行技术培训（带一定的工资），然后早早工作，又在当地成家定居。像这样一个老人同儿女同住一幢房子但单独起居、开灶的家庭或三四代人都住在附近的人家真不少。他们对我们这样省吃俭用不惜一切培养儿女、把孩子送到大城市去上大学、希望子女远走高飞的行为，感到实在不能理解。

不过，在我看来，孩子们总应该去属于他们的天地施展才华，我不想缚住儿女的翅膀，希望他们能自由地飞翔。

五一

诗人白居易说得好，“逢春不游乐，但恐是痴人”。

五一，我们又同邻居去踏青，这一天，德国的男女老少几乎都会出来欣赏春天的美景。

今年的冬天拖得特别长，尽管早都听到孤寂的鸟叫声，但这叫声只会令人产生怜悯，这些鸟儿怎么能在这残雪迟迟不退的大地上觅到食物呢？尽管已是五一了，山脉仍是棕色的，上面只零星漂浮了些许嫩绿色。草地虽退去了枯黄变得浓绿，却纯粹是一张没有花色的绿毯。

我们穿了长裤，套上外衣，走进树林里。

枯叶铺盖在林间小道上，除了一种小白花一片又一片骄傲地闪烁着，没有见到别样的花儿。邻居说：这种小白花只长在山上，所以平时看不到。由于今年五一，它独自开放，我才认识了。想来这种小白花以前夹杂在五颜六色的野花里实在太不起眼了，今天仔细观察才发现，其实它自有宁静朴实的美，独特非凡。

森林里的大多数树叶还处于睡眠中：嫩绿的苞芽蜷缩在棕色的叶根里；有的则刚刚睁开一点眼睛——没有舒展开的嫩叶卷成一个个小喇叭，这真是个惊奇的发现，原来树叶也像婴儿一样，一点一点慢慢地张开它们的眼睛。只有少数阳光普照的地方才有完全舒展开娇嫩的叶子，欢欣地对我们点头迎笑。

看到这幅迟春的图景，我不禁想起了去年的五一。记得那天，我们和邻居都穿了短衣短裤，头戴遮阳帽去郊游，山脉棕绿参半，开满黄白花的绿草地是那么美丽，真想躺到上面去。山林里嫩叶清新，野花摇曳；天很热，我们带去的水都不够喝。

又想起一个春光明媚、生机勃勃的五一，那时嫩绿色完全覆盖了整个山脉。我和女儿在田间路上骑着车，芳草萋萋，繁花似锦，我们兴奋不已，那是一幅幸福快乐的图画。

每个五一呈现的图景都是不一样的。其实，每个春夏秋冬又有哪一个是一样的呢？每个日日夜夜又有哪一天是相同的？并不是“明日复明日，明日何其多”，再来的春天一定是别样的，就像这个五一。

这时候三个女孩还和父母们一起参加了五一节游，孩子长大了，她们有了自己的爱好活动。这应该是她们最后一次和父母们一起参加五一节游。

这时的三个女孩还和父母们一起参加了五一郊游，后来长大了，她们有了自己的爱好活动。这应该是她们最后一次和父母们一起参加五一郊游。

漫步田园

今天是大年初一，不过在德国也没有过年这一说。除了德国南部一个叫迪特福特的小镇，又称“中国城”，九十多年来一直大张旗鼓地过春节。这个镇的人会穿上中国传统服饰，用中国传统方式庆祝“中国狂欢节”。有一年春节他们还动用了无数架无人机在空中排出一个“福”字来，场面极壮观。

早晨去了牙医那里，换到这个牙医二十年了，一直都很满意。吃完午饭休息一会儿，从客厅窗子望出去，外面静悄悄的。看见一个新邻居遛狗出去又回来，这个三口之家，有一个宝贝女儿，基本都是他在遛狗。另一家新邻居的两个十来岁的女儿和一个小男孩会来逗小狗玩，这几天这个小男孩总是带狗来找女孩玩。天气雾蒙蒙的，一会儿飘起雪花，一会儿又飘点碎雨，也是别有一番趣味。

想着应该出去走走，我便穿上黑色羽绒大衣，戴上深红色线帽出门呼吸新鲜空气去了。

像往常一样，穿过住家区，跨过汽车道，我又去了那片田园。

自从不久前搬到这个小城后，这片田园成了我散心的地方。我们的新居离市中心只有三公里路，我一般步行过去，这样省得找停车场。而这片家属区又是靠着农家田园。现在的邻居都是新的，都比我们年轻几岁到二十岁左右，他们的孩子最大的也不过是十几岁。还并不太认识这些新邻居。

因为飘着雪花、刮着风，我站在坡上高处远远地只看见两三个散步的人，安静极了。平时，天气温暖时，会有一家家、一对对散步的人，非常祥和。这个弧形的山坳看上去就像一个巨盆式花园，坡面上除了草坪、农田、果树、树丛，还有纵横交错的漫步小道通往高处。盆底还有一片生态沼泽地。我站在棕色带点泥泞的道路上向远处望去，坡上坡下或浓或淡、姿态各异的树丛散落在白色闪亮的弯弯曲曲、或高和低的草坪上或犁过的农田里。这晶莹的白色由浅到亮一直伸向远处雾气弥漫、灰白色的山脉，山脉贴向了浑然一体的天空。对面山坡上几座微显红瓦的别墅农庄，隐藏在迷离的白雾中，像是童话故事中的房屋，给人一种神秘感。

我走下坡去，进到了盆景里，沿着半隐半敞的小溪慢悠悠地徜徉。从山上各个方向流下来的水汇聚在溪流里。溪流比小时候舅舅家竹园旁的那条小溪显得小而狭，阳光明媚、风平和静时水流平缓，发出轻声柔和的叮咚声。而今天却有点浩荡之势，发出哗啦啦的响声，像是在为我欢唱，又向前冲去。我踯躅着，这里就剩我一个人了，像是专为我设置，我像到了另一个世界、另一个梦境里。仿佛看到了小时候的那条溪流、那片漂亮极了的竹园，看到了和我一起生活过的人、疼爱我的人，那些难忘的回忆、温暖的感受涌向我；一会儿脑子里又跃出有缘分相遇过、以后再没见到、也不会再见到的人，那些情景让因为我喜欢郊游，喜欢大自然，就选取了这张照片。郊游会给我带来极大的快乐，让我得到放松，忘掉平时的烦恼。

因为我喜欢郊游，喜欢大自然，就选取了这张照片。郊游会给我带来极大的快乐，让我得到放松，忘掉平时的烦恼。

我激动又无奈。

也许命运注定我总要一个人，其实我似乎已经习惯一个人了。今天我独自静静地享受着这属于我的世界，在这氤氲迷蒙、飘着雪花的田园里，我又一次回到了心灵的隐秘之处，感情的最深处。我自由自在、漫不经心地游荡着，像到了世外桃源，重温着、品味着往昔的人生经历，内心里感到了田园般的宁静。

回来时顶着风，冷风有些刺脸，伴着稀稀落落的雪花。此时我只想快点走，怀着漫步带给我的满足和喜悦。

溪水

我喜欢漫步在溪流边
聆听欢乐的流水声
无论是晴天、雨天，还是纷纷大雪
是炎热的夏天，还是寒冬腊月
溪水的声音永远动听悦耳
或是孤傲幽静的潺潺声
或是轻声柔和的淙淙声
还是浩浩荡荡勇往直前的哗哗响
不管处在怎样的环境
她永远奏着自己优美的乐章

2022 年 4 月 1 日

溪水

我喜欢漫步在溪流边
聆听欢乐的流水声
无论是晴天、雨天、还是纷纷大雪
是炎热的夏天、还是寒冬腊月
溪水的声音永远动听悦耳
或是孤傲幽静的潺潺声
或是轻声柔和的淙淙声
还是浩浩荡荡勇往直前地哗哗响
不管处在怎样的环境
她永远奏着自己优美的乐章

2022年4月1日

妈

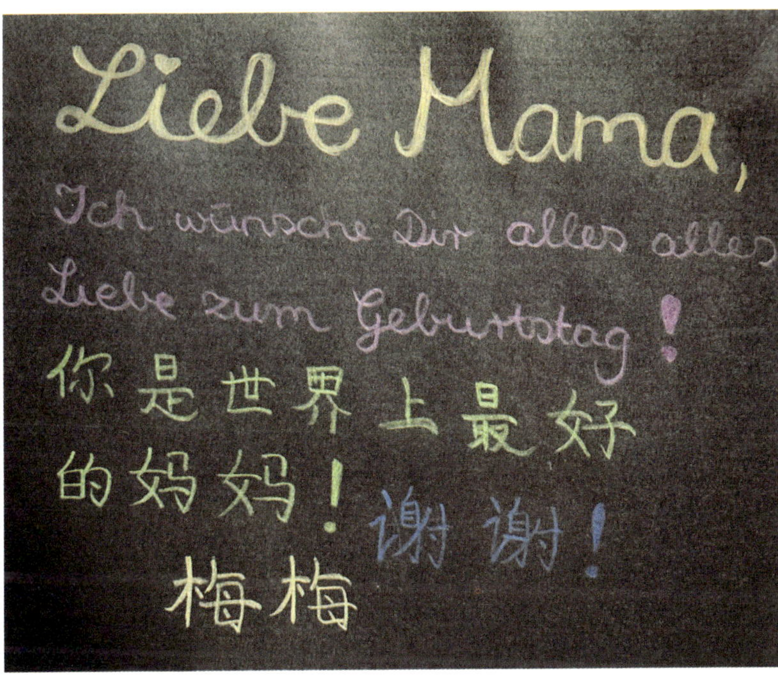
Liebe Mama,
Ich wünsche Dir alles alles Liebe zum Geburtstag!
你是世界上最好的妈妈！
谢谢！
梅梅

WALT DISNEYS
MICKY MAUS

Mai 10.2002

客梦

客梦

“孤灯然客梦，寒杵捣乡愁”
经历多些文化和情感体验的游子
必然会变得多愁善感，思乡之情愈加浓烈
这种穿梭于异域文化的生活
有故乡情、同事的爱
让人坚强、生活丰富多彩

我，作为一位同事
更有责任让自己的孩子
既具有融入当地文化的能力
而又不忘自己的根
我为他们感到自豪和安慰！

德国邻居

我们在德国生活了十几年了，前后换过四个住所，要说邻居真有一打了。这些邻居们有时会像电影里的各式各样的人物出现在我的眼前。

我刚到德国时的住所是在离北海不远的一个中等城市，离大学很近，环境幽静，屋子宽敞明亮并有一个阳台。这座小楼里上下左右住着四家，我们住在左上层，对门住着一个单身女人。最初的一年里，我们和邻居们只“早晨好”“今天好”地打招呼而已。那时，整个楼道里静悄悄的，似乎只有我们一家人。有一次，儿子睡着后，我和丈夫出去散了会儿步，回来打开楼门却听见儿子的哭声，只见女邻居正在哄着我们的儿子。自这以后，我们和女邻居便开始往来了。儿子有时会跑到她家里去聊天，甚至和她一起吃饭，我们有时也会聊聊天。她丈夫因病早已去世，由于经济紧张，她又在一个养老院工作。她说，幸亏丈夫在时就买下了房子，否则每月像我们交那么多房租，真没法住这房子。后来我们交换了钥匙，我们若出去几天，就把钥匙交给女邻居，家里的绿色植物也托付给她；她出去也让我们照顾她家里的花。

女邻居中上等个，刚过完六十岁生日，其实看上去只有五十岁，她总是穿得很整齐。她有两个刚上小学相差不大的外孙子和外孙女，他们有时会来看望她。她好像与女婿没有缘分，有一次她说，只要他们小两口好就好，喜不喜欢她并不重要。

我请她喝过绿茶，她喝得乐滋滋的，还问了一些中国茶文化。可第二天她看见我笑容可掬地说，绿茶喝的时候有淡淡的香，但她却一晚上睡不着。我感到很抱歉，她正好和我反过来，我下午喝浓咖啡会睡不着。

最让我感动的是，有一次丈夫出差五周，我把衣服洗上后就去上课，等把儿子从幼儿园接回来时家里发“大水”了，水把屋里的地毯淹了。原来我们的旧洗衣机水管破了，水流了出来。女邻居把一堆浴巾拿过来说，都是旧的，她不需要了。当时作为留学生的我们，家里能简单就简单，根本没有那么多毛巾。她帮我一起把整个屋子的湿地毯用浴巾把水吸起来再拧到水池里，我们干了几个小时。

我们楼下住着一对老人不多出门，老头显得精神好些，常出来买菜，有时搀着老太太散步。那次从洗衣机流出来的水顺墙一直流到老两口的地毯上，他们只要我们赔了墙纸，别的都没和我们计较，而且见了我们仍然很友好。

女邻居楼下住着一个高大的老头。他曾给我们看过他年轻时获德国拳击冠军的照片和发黄的报纸。他一辈子没结婚，但有过不少女朋友。有一次，他喝得醉醺醺地硬叫我们进他家里，因为他怀疑女朋友（她大约七十岁）还有别的相好……没想到一个七十二岁的老人还会这么痴情，后来这位老人住进了养老院。

一晃几年过去了，我们搬家那天，女邻居一直帮我们，还给我们准备了喝的，我们彼此都很恋恋不舍。遗憾的是后来我们越搬越远，没有再见到她。

我们的第二个居所是在千辛万苦中找到的，也许是大城市人情淡漠，有些人对外国人带有偏见吧，有些德国老太太在电话里一听我们的名字就拒绝了，有的甚至振振有词地说："你们住过来时是三个人，以后你们的亲戚就都来了。"不过，我们还是找到了一套不错的房子。

我们的房东没有子女，住在我们的楼上，她曾告诉我她四十五岁，她丈夫早出晚归不常见到。一天女房东来敲门，不耐烦地说："龙龙（我儿子小名）太吵了，我老听见他的跑步声。"她教我儿子怎样用脚尖在屋里走，从此儿子变得小心多了，他一般出去找朋友玩，若小朋友来家里玩，他就叫他们不要发出声音。

我想，女房东如果能稍稍喜欢点孩子的话，她一定会体会到邻居间的必要声音本来也是生活中不可缺少的音响。

和房东做了几年的邻居，我们又要流浪别处了。丈夫又找到一个新居，我说不要再同房东做邻居了，可丈夫说房东老太太只一个人，有个儿子在部队当教员，是个开通的人。

老太太胖乎乎的，有一幢很大的房子。她住第一层，我们住第二层，她儿子住顶层。她曾客气地对我说，若有事出去，可以把两个孩子放在她那里，但我还是让儿子待在家里看妹妹，不麻烦房东为好。她儿子是个乐呵呵的小伙子，周末回来，有时候女朋友也来。他一回来，老太太总是笑眯了眼，楼上楼下不停地喊着儿子的名字："托马斯，托马斯。"托马斯很顺从母亲，母亲总指着我们的小女儿说："托马斯，你看小孩多可爱，也要一个吧！"托马斯则不好意思地笑笑。我们两家一起吃过几回蛋糕，托马斯二十八岁生日晚会还请了我们全家。

老太太爱干净，规定每周五大扫除，我负责擦洗从一楼到二楼的楼梯，打扫前门小院子的地。当时女儿才半岁，我的手受过伤，本来想等丈夫晚上回来一起擦，可她一到中午就来提醒我，搞得我有苦难言。我总是把坐在小车里的女儿放在楼梯口看着我擦洗，这样她就安静了，一周一周地也坚持下来了。

一年后，我们又找到了自己的窝。我们这回的居所是在一个充满田园风光的小镇里。房子前后左右有好几家邻居，巧的是新邻居们和我们年龄相仿，都有两三个孩子，我们很快熟悉了。我右边女邻居嘴快，她开始总对我儿子说："哦，你都这么大了，你还不懂事……"儿子对此不满意，总对她冷冰冰的。我告诉儿子应该试着同邻居和睦相处，儿子慢慢地也改变了态度。天好的时候，碰到周末，几个男人会在一起聊天，顺便照看着小孩子们。孩子们有时也互相串门。其中有几家邻居男人比较热心，夏天或秋天天气好的时候，他们会把全部邻居组织起来搞些烧烤等活动，有时候大家聚在一起用大屏幕看足球比赛，这时我们这里就成了一道亮丽的风景，最快乐的自然是孩子了。

不过，我主要和左右两家邻居往来，别的只是见面时笑笑打个招呼，有时也会站着聊一会天，也许我们三家住得最近也比较合得来吧。我们三家有时候会在一起吃蛋糕，偶尔也一起吃饭。右边女邻居是土生土长，她常和她年轻时的几个闺蜜来往，有时她或她丈夫的生日会叫我们过去喝一杯，她一般过节或庆祝生日和亲戚在一起。左边女邻居是从另一个州过来的，娘家亲戚不常来，她只和少数几个朋友交往，我也是其中的一个。我们三家可以随时按门铃，谁家突然需要什么，一家没有，再按另一家。这种友好而简单的邻居关系让我很开心。

不管什么时候，不管到哪儿，我希望我的邻居们永远快乐，因为他们的快乐会传给我，传给孩子们。

过圣诞节

老实说，我喜欢过圣诞节。

记得第一个圣诞节是丈夫满腔热情地张罗的，我们在国内时他在他的博士生导师家里过了一次。丈夫带我们去买圣诞树、彩球、星星、巧克力，还给儿子买了一辆儿童拖拉机。那次他是这样的尽心尽责，我也是柔情缕缕……后来当痛苦和孤独袭来时，这缕温馨还会隐隐地向我飘来。

提起丈夫的德国博导我还是想再说几句，这位博导当时才三十七岁，知道我们母子要来就帮我们找房子，还帮我们付了三个月的房租押金。作为留学生，当时我们没有这笔钱。他陪丈夫去买来旧家具，当时我们还没有汽车，他把他们不用的窗帘、餐具等都给我们送了过来。在他的帮助下，我们算是有了一个比较舒适的家。

圣诞节是德国的最大节日，11月份市里就开始张灯结彩，音乐四起，还有不少假日。每当此时，我就有一种欲望：我要有个快乐的圣诞节，要快乐地告别这一年，迎接新的一年！关于耶稣诞生在羊厩里的故事最后还是从儿子那里得知，这方面的知识我是一无所知。

我会和德国人一样精心地筹备圣诞节：我带儿子去买蜡烛圈（松树枝做的，上面有四根蜡烛），很准时地在圣诞节前四周的星期天把第一支蜡烛点起来，前三周的星期天点两支，前两周的星期天点三支，等到圈上的四根蜡烛都点着时，圣诞节也就到了，这时的气氛进入了最高潮。不过我现在自己做蜡烛圈了，到山上去能找到松枝，这样既省钱，又有乐趣。我也为圣诞节烤点饼干，圣诞节前烤饼干是德国人的传统习惯，德国妈妈会津津乐道地描述自做的饼干要比买的饼干不知好吃多少倍。不过我烤饼干完全是想满足孩子的愿望，对他们来说，和妈妈一起烤饼干是一种游戏。我把和好的面擀开，两个孩子（儿子小时候也喜欢）就用各种图案的小模子：有星型的、圣诞老人、雪人等，压出一块块饼干，这给他们带来了无穷的乐趣。第一板饼干烤出来后，我们会先尝尝，当然总是惊叹自烤的饼干会这么香喷喷的。虽然厨房搞得乱糟糟，满地的面粉，但我们都很开心。我还喜欢有棵大些的、漂亮的圣诞树。

圣诞节前孩子们自动都会表现得好一点，小小孩总相信礼物是圣诞老人送的。儿子小的时候，我们总是一个人把他带出去，另一个则把早已买好的礼物放在圣诞树下，儿子则幻想着圣诞老人坐着鹿雪橇把圣诞礼物送来了。他那张满足的笑脸真是世界上最幸福的脸。女儿三岁那年，是哥哥带着她把圣诞树打扮起来的，她把圣诞树下面挂得满满的。她的哥哥把她带了出去，我把藏在地下室里的礼物抱到了圣诞树下，她欢天喜地喊道：“我是听话的孩子，妈妈也听话了，爸爸、哥哥都听话了，我们都得到礼物了。”她说要到圣诞老人那里去讲“谢谢”，哥哥告诉她圣诞老人又坐雪橇飞走了，他要给别的小朋友送礼物去。

当年女儿烤圣诞饼干时，我拍下了这张照片，前段时间翻影集看到这张照片时，不由得惊叹：小孩子会这么可爱，烤饼干会给她带来如此的快乐！

当年女儿烤圣诞饼干时，我拍下了这张照片，前段时间翻影集看到这张照片时，不由得惊叹：小孩子会这么可爱，烤饼干会给她带来如此的快乐！

在德国，圣诞节是最大的节日，对孩子们来说度过一个快乐幸福的圣诞节会给他们带来一年的回忆。小孩子们更是会对圣诞节、对圣诞老人充满奇妙的幻想。我们每年都会像德国人那样认认真真地过圣诞节。

在德国，圣诞节是最大的节日，对孩子们来说，度过一个快乐幸福的圣诞节会给他们带来一年的回味。小小孩们更是会对圣诞节、对圣诞老人充满奇妙的幻想。我们每年都会像德国人那样认认真真地过圣诞节。

圣诞夜到了，圣诞树被装饰得漂漂亮亮的，上面挂满了闪闪发亮的红球、绿球，木头做的小天使、姜味饼干，还有孩子们的手工制作……圣诞树上的几十支蜡烛也点起来了，客厅里变得暖洋洋的。圣诞餐对德国人来说也很重要，他们一般吃火鸡、鹅或鸭。火鸡很大，适合于大家庭。记得住在大城市时，丈夫的一位同事知道我们来自中国，圣诞夜他请我们和他的朋友一起吃火鸡。两口子没有孩子。那只火鸡可真大，焦黄焦黄的，放在十来个人围坐的一张大桌子中间，还有色拉、饭后点心等。男主人用一把锋利的刀把火鸡一片一片地切下来，分到每个碟子里。记得当时只有我儿子一个孩子，遇到这么热闹的场面，他当然兴高采烈。我们连续两年都在他家过圣诞夜。现在我把做圣诞餐的任务交给了丈夫，我说一年到头辛辛苦苦的，这顿饭，我要吃现成的。他会问孩子们想吃什么，连着几年我们都吃烤鹅，不过我会做一道紫色莲花菜，也是典型的圣诞菜，和烤鹅是很好的搭配。

吃完饭，孩子们迫不及待地打开礼物，他们吃着甜食，又唱又跳的……这时的我——不管在这年里精神上、身体上有过怎样的难忍，都是快乐的，我的心会说：爱生活吧，让我们快快乐乐地迎接新一年！

我们现在住在德国南部，圣诞期间大雪一场一场地落下来，孩子们穿得暖暖的，做雪人，打雪仗，滑雪，洁白的“春天”衬着他们红扑扑的脸，是怎样的一幅美丽的图景！

已经过了十几个圣诞节了，每个圣诞节的情景都清清楚楚地留在我的记忆里，合在一起就是一部欢乐的乐曲。

现在街上又挂起了彩灯，又要过圣诞节了，让我们——这些异乡的游子，在圣诞节里得到一份欢笑，得到一份爱吧，也让我们为国内的亲朋好友祝福吧！

这只裤袋

天热了，我打开衣柜想找条裙子穿，又看到那套紫色黄绿花的衣裤，又一次惋惜，要是这块料当初按我的意思给女儿做该多好！

这块鲜艳的真丝还是表姐在我出国时从杭州邮寄给我的。本想在德国为自己做条裙子，可德国根本没有裁缝店。有了女儿，我把这块真丝放在她胸前比试比试，觉得很好看！我甜滋滋地想象着女儿穿着小花裙的样子……就这样这块出了十年国的真丝又同我回了故乡。

回到母亲身边，母亲拿出一堆为我准备的花裙料让我挑，要给我做几条裙子。在这些裙料中我选了一块，别的几块我嫌太花。母亲看到那块真丝料，又说这块真丝质量很好，应该自己穿，给小孩子做太可惜。一听这话我有点不快，心想：你爱你的女儿，我也爱我的女儿呀！我让裁缝将那块真丝给女儿做两条不同式样的小裙子。

又要告别母亲，临行前母亲递给我几套衣裙。她是这么固执，她执意叫裁缝给我做了几条花裙，而那块真丝给我做了一件短上衣和一条短裙裤。我无可奈何地把它们都塞进了箱子里。

这套真丝衣裤在衣柜里显得特别醒目，仿佛在示威似的。扔到红十字救济箱我是无论如何舍不得了，毕竟是母亲的一番心意，至少裙裤是可以穿的。于是我把所有的一色夏衣都拿了出来，一件件地配这条裙裤。白色无袖衣配这条裙裤还不错，而那件蓝的也可以。正当我喜出望外时，突然发现裙裤上还缝着一只口袋，再翻出这只浅蓝色的口袋看看，我的心顿时沉重了起来：这袋布分明是什么时候在母亲那里见过，或是母亲哪件旧衬衣上的布。我脱下裙裤，闻闻这只裤袋，不能自持，那口袋上似乎还留着母亲身上的体味，这气味把我引向很久以前。

二十多年前，我从外婆那里回到西北支边的父母身边时，天天看见母亲穿着这种浅浅发蓝的衬衣。母亲走路时胸总是挺得直直的，她挺得那么直的样子看上去一点不随和，瘦瘦的身子，表情严肃，走路很急。母亲啊，我当时还和你有点生疏，有点怕你。

记得那时你还不会骑车，每天来回四趟地步行上下班。后来厂子搬远了，你下决心学骑车，那时你都过了四十。你天天下午在我们小学的操场上来练车，我还和同学去看你，你那学车的样子有点孩子气，我一下子觉得你可亲又可爱！就在那年夏天我和弟弟也学会了骑自行车。

你总说，我看上去老实不多言，可心灵着呢，学习好，听父母话，是个好女儿。我上大学了，周末喜欢回家，我俩常一起去买菜，一路上说说笑笑的。你说我有点像画上的王昭君，还买来了画挂在我的房间里。你那天的表情永远留在了我的心里，那段日子是我俩最温馨的回忆。

结婚了，你听到了一些令人不愉快的事，又跑来。说我太单纯，把人想得太好，要来保护我，不让我受丈夫和周围人的欺母亲约65岁。对我来说这是一张极珍贵的照片，不管走到哪里我都会带上它。

母亲约 65 岁。对我来说这是一张极珍贵的照片，不管走到哪里我都会带上它。

负。可是你的保护给我带来了什么呢？我们开始一次次地争吵。

出国前你又到我这里来。有一次，小保姆把我借来的黑白电视调乱了（当时我没钱买电视），图像出不来，你吓唬她。我说，妈，不要紧的，我等会儿调调就好。你瞪了我半天说："平，你对谁都那么好，对兄弟好，对丈夫好，连对保姆都那么好，她整天抱个电视，孩子还得你自己带……"

当时儿子才几个月，丈夫出国，本来我是多么需要你，可是你那么多疑，以为周围的人对我都不怀好意。你说你这辈子谁都没怕过。我知道你一辈子吃了不少苦，不相信人。可你的那些处世方法多让我难受，你把我的生活搞得一团糟，我不能有一天的宁静生活。为了摆脱你我才找了这个小保姆，尽管她连饭都不会做，样样都得我自己来，但我终于可以正常地工作生活。

母亲，出国前我们吵得那么凶，你不想让我出去，说我太单纯出去会吃亏，千方百计地阻挠我办手续，你也确实是不择手段地对付我，而我则只能默默伤心，痛苦。我是多么希望能把幼小的儿子暂时先留给你照顾，这样我在国外好读书，但我又怎能放心留给你呢？

出国十年了，我从不敢对你说句亲昵的话，我完全收起了内心对你那深深的思念。我一直尽量顺从你、尽可能地满足你的要求，因为我想让你快乐、让你高兴！可是我却不敢流露对你的爱，因为我是多么害怕听到你的那些伤人的话。母亲，你没想过要理解我，你始终把我当成一个小孩子……你让我的生活变得好忧伤，我想忘掉你，可又怎么可能呢。这只裙裤袋像着了魔似的，又让我沉入对你深深的思念，母亲，我多么想好好地拥抱你啊！

陌生人的帮助

那年冬天我们从一马平川的北德搬到群山起伏的南部。我们的新家坐落在一个山坡上，由于人生地不熟，加上我生完孩子后不小心把手又伤了筋，行动起来非常不方便。一天，我要去看医生，想想要把婴儿车和宝宝从楼上搬到楼下（我们住楼上，房东住楼下），再推着小车下山去，之后还要上坡下坡地才能到医生那里，实在辛苦，就求九岁的儿子留在家里照看小妹妹。儿子本来就是个“跟屁虫”，换了个新环境更是寸步不离我，他勉强听我的劝留下来了。他见天黑（德国的冬天下午四点多就黑了）我还没回来，就去找我。后来儿子告诉我：“我先把小车慢慢地搬到楼底下（楼梯很窄），拿到外面去，又回来抱妹妹，再上来取了小被盖在妹妹身上……我把妹妹推到大山坡下面，就不知道去哪里找你了，再想把妹妹推上坡去又推不动，于是就一直站在一个交叉路口等你……一个德国阿姨过来问我为什么一个人站在寒冷的雪天里，还带着小婴儿在外面。她帮我推妹妹，把我们送到家里，并对我说妈妈一定会回来的，要在家里等着妈妈。”

我一边听着儿子的叙述，一边泪水簌簌地滚落下来，如果儿子下楼时不小心把婴儿摔了；如果小车滑到旁边的汽车道上！

“妈妈，我是不放心你才去找你的……”

第二天下午有人按门铃，儿子下楼去开门，回来时手里拿了一个长方形的包装漂亮的礼物，他说：“昨天送我回家的阿姨说我把妹妹照顾得这么好，想送我一个礼物，她问我和妹妹好不好。”

我犹豫了一下，再下楼看已不见了人影。儿子打开礼物，那是一本精装的关于圣诞节的儿童书，因为马上是圣诞节了。儿子高兴地打开书读了起来。

我很后悔没有马上追出去，一直希望偶然能再见到这个人，我想她也必定住在这个小城里，儿子认识她的，也许在路上或市里能碰到她，但是没有。我曾多次想象着这个人，儿子说阿姨很高大。我想她一定是一个非常温和充满爱心的人，那天晚上她一定是很惦记我的两个孩子，于是第二天去买了书再来看看！我问自己，如果我碰到这样的事会怎样呢？

好多年过去了，我仍然时常会想起这个不相识的人，一个充满爱心的人是伟大的。

老家的夏天

说起老家的夏天就会想起许多童年的往事：夏天我和同伴们坐在桑树地里玩五子游戏，路上捡来、精心挑选出来的五个光滑好看的石子，装在口袋里，随时随地可以玩。夏天爬竹竿也是我们常玩的游戏，一条小溪从舅舅家的竹园旁流过，我们一人拿个绳套套在脚上在舅舅家的竹园里爬竹竿。夏天捉蝉（知了）也很有趣，大人们午睡时，我蹑手蹑脚地顺着蝉声去捉桑树上的蝉，装在火柴盒里，给伙伴们看……这些色彩斑斓的记忆总像在梦里。不过最叫我铭心刻骨的还是夏日里有关外婆和舅舅的一些事。

外婆总是夏天去她弟媳妇家做客（她弟弟早已不在了），她家和外婆家其实只有一江之隔，江里有运输船往返，如果有桥的话，我们只要过桥就可以到舅奶奶家，但是没桥。我们得沿这边的道往西步行很长时间去渡口，再坐船过江，又沿那边的道往东走同样长的路。那只渡船、那条江是我童年的梦幻。在炎炎的阳光下外婆拿一把芭蕉扇遮太阳，路上很少见到人。外婆七十多岁了，走路很慢。她说小时候裹小脚时，因为疼总是晚上偷偷拆掉裹脚布，所以她的脚并不是三寸金莲，但仍被裹得很小。

去渡口的路上常有一群淘气的男孩出没，他们赤膊、光脚，要是碰到他们在路边玩，过路人会被捉弄。一次，他们看见我和外婆就跑来又喊又叫的，还用石子打我们，我看外婆走得那么慢急得哭了起来，想一个人快跑又担心外婆被欺负。后来只要外婆说要去舅奶奶家，我总是既高兴又担心，直到走过那些“小坏蛋”出没的地方才能放下心来。

渡船里有时有很多人，有时则只有几个。渡船到岸，总是我先被人提下船，外婆再扶着我慢慢下船，舅奶奶一家热情地来迎接我们。这时我会感到很快乐，因为马上会见到她的几个孩子，他们虽大我一辈，其实只差几岁，舅奶奶家后面是山，我们会一同爬上山去玩。那几天我会玩得很开心。

夏天的傍晚，我常常依偎在外婆身边，坐在外面乘凉，常听大人讲些可怕的故事，睡在床上我惊恐万分地想象着各种可怕的镜头，怕极了，我就把整个头缩进被子里，紧紧贴在外婆身上……

说起老家的夏天，就会想起舅舅给我买凉鞋的事，舅舅夏天总是挽着裤腿、赤着脚，勤勤恳恳地一天到晚忙在田里。有一次我的同伴得到了一双黑凉鞋，我羡慕极了，就跑回去向舅舅要，我一年四季穿的是外婆做的布鞋，鞋底是外婆用麻线在千层布上一针针纳起来的，鞋帮是黑布用黑、白布条沿起来的，再把它们绱在一起，鞋帮上缝着一条小巧的布鞋带。离开外婆时，她给我带了好几双新布鞋，生怕我到父母那里没鞋穿。

夏天我也常光脚，我太想要一双凉鞋了。舅舅笑呵呵地说：“你想要一双凉鞋呀……那等舅舅什么时候到街上去看看有没有。”

我天天盼着舅舅上街。舅舅从街上回来了，我早早地迎上去，问舅舅是否买了凉鞋，舅舅有点不自在地说，他没有看到凉鞋。看到我那张失望的脸舅舅又连忙说：“平，下次吧，下次舅舅一定给你买凉鞋。”

几天后的一个傍晚，我在屋子的前院里玩，远远听见舅舅叫：“平——我把鞋给你买来了。”他高高地举着一双浅蓝色的凉鞋，我高兴地跑过去……真是一双漂亮极了的凉鞋，鞋上镂着麦穗花，比同伴的那双不知漂亮多少倍，我穿着它自豪极了！舅舅赤着脚，挽着裤腿，见我高兴的样子他也笑了。那时我还小，没有意识到当时这双凉鞋对舅舅来说是要花掉不少的钱的。

好些年后的夏天我回了老家，外婆早已不在了，那片可爱的竹园还保留着部分样子。呵，那里的空气多清香！舅舅见到我是多么高兴！我看到我陆续寄给舅舅的照片都挂在正屋里，我感到又回到了童年的那个老家。

最后一次见舅舅也是夏天，他瘦小的身子拄着拐杖，背驼得很厉害了，舅舅已经不会说话，见到我泪流满面，他就那么一直望着我！告别时他一摇一晃地拄着拐杖送了我好一段……

哦，让我梦系魂萦的老家呀，我的外婆，我慈父般的舅舅！

瓦灵霆

我从来没有打算要豢养宠物，以前我对那些视宠物为自己孩子的人也不能理解，动物总归是动物。可是自从我们收留过一只猫我的想法就不一样了。

瓦灵霆是这只猫的名字，它的到来是那么令人惊喜，像一位使者的降临。那是圣诞节前，它突然出现在我们家周围，晚上也不离开，睡在我们邻居车棚的纸盒里。孩子们个个喜欢它，它从不躲开人，谁都可以抱它，常常是一个孩子先得到这只猫了，别的孩子都围着等着抱它。它是从哪里来的呢？怎么不回家去呢？谁也不知道。也许它觉得这里的人都喜欢它，就一心想在这里待下来，总之几个星期它都不离开这里。孩子们都在说服父母留下这只猫，我的两个孩子也不例外地天天劝我收留它，我看着这只可爱的猫也动心了。它很漂亮，皮毛光滑，身着虎皮衣服，圆圆的脸，一双机灵的眼睛。那天周末，阳光柔和地飘散过来，因为迷恋这温暖的阳光，我们和邻居都站在门外聊天。它从邻居门口跑到我们这里来时，女儿又把它抱了起来，并请求我时，我同意留下了它。它好像早已熟悉我们家似的，我们刚把门打开它就径直走到客厅，跳上沙发，不一会儿眼睛一闭就“呼噜、呼噜”打起呼来，猜想它好几天没好好睡了。我让两个孩子给它起个名字，因为是公的，女儿想了十分钟说，叫它“瓦灵霆”吧。谁都觉得这个名字好听，于是它就以瓦灵霆的身份成了我们这里的一员。

显然瓦灵霆来自一个有教养的家庭，至于它为什么离开了它的主人却是个谜。它刚进门不到一小时就知道把尿撒到我给它准备的猫厕所里，它从来没有像我听说的那样有的猫会随地大小便。它很温柔，我们抚摸它、抱它，它总以友好的目光给予回报。也许它想让我们宠宠它，所以一直待在家里好几天也不出一次门。

瓦灵霆长得矫健，跑起来大腿的肌肉很有弹性，像一匹英姿勃勃的马。它很重感情，我们一叫它，它就会温柔地看看我们。它在我们这里生活得很自在，两个孩子爱它待它像弟弟。它也很爱我们，有多少次我们在外面，它在树丛或哪个角落看见了，就会闪电般地蹦出来，一直护送我们到门口才又跑开。又有多少次我早晨送女儿上学，它一路跟着我们。它总是快快地跑到前面，在小树丛里躲来藏去地和我们躲猫猫，等我们走到跟前了，它又飞快地窜了出来，然后又跑着跳着还不时地回头调皮地看着我们。它总是这样逗我们乐，直到很远了它才站在那里，带着不解的目光，“喵喵”地像个孩子似的使劲叫，好像在问，怎么还往前走呀。我们只好对它打打手势让它快回去，我们还得往前走呢。它很爱撒娇，如果我们抱它、抚摸它，它就会尽情地和我们亲热，一会儿睁眼看看，一会儿又闭起眼体会我们对它的爱。有时我坐在沙发上看书，它也会跳到我的腿上寻求宠爱。

瓦灵霆生性活泼，等它完全熟悉了这个家、熟悉了我们之后，就天天去外面玩了。开始总是白天出去，饿了，天黑了才跑回来，渐渐地晚上也在外面疯。有几次我们见它半夜还不回来，就去找它。它机灵极了，白天它想进屋来总是先跳到厨房的窗台上伸长脖子往里瞧瞧有没有人，当然它常常看见我在厨房里，就会张开大嘴使劲对我叫，又立即跳下窗台等我把门打开，飞快地冲进屋来。有时我嫌它烦想让它再在外面玩一会儿，见它跳上窗台我就赶快蹲下来，它左看看右看看还以为没人，就迅速绕到客厅的玻璃门前，东瞧西瞧，一看见我就在门外对我大叫，那神态就像我的孩子对我说："开门呀，我回来了！"

瓦灵霆给我们，尤其给两个孩子带来的快乐是无法形容的。但是不知是它以前的主人惯的，还是它天性就这么高贵，其实畜医说它不过是一岁的样子。它在我们家尽管生活得自由自在，可它总是嫌它的睡筐或者沙发不够清静，不够舒服，总要趁机往楼上窜、往床上跳，在床上睡觉。两个孩子并不觉得瓦灵霆睡在床上有什么不该，还纵容它。为此我常和它打仗，在楼上追来追去叫它下楼去。它实在调皮，总是躲进床底或柜子底下，我就抓不住它了。瓦灵霆尽管干净，一坐下来就用它的前爪蘸吐液洗呀洗的，我也常带它去畜医那里清洗、打除虫针，可它总在土里钻、林子里跑，所以我唯一的要求就是它不能和我们同床。

转眼春天到了，周围的树林渐渐变得茂密葱绿，而此时一种叫 zecken 的寄生虫也复苏了。常听邻居说 zecken 喜欢钻在动物身上，我早早地到畜医那里给瓦灵霆买来除 zecken 的药，医生说 zecken 闻到药味就不到猫身上来了，可是哪有这种灵丹这是妞儿和邻居女孩。

瓦灵霆很通感情，既顺从，又很调皮，孩子们都很喜欢它。自从我饲养过这只猫后，对动物有了一种敬畏感，也会像小孩子那样爱惜动物。

这是女儿和邻居女孩。

瓦灵霆很通感情，既顺从，又很调皮，孩子们都很喜欢它。自从我抚养过这只猫后，对动物有了一种敬畏感，也会像小孩子那样爱惜动物。

妙药呀！我们还是发现瓦灵霆身上沾了 zecken，我本来就害怕虫子，而且 zecken 又是一种危害人体的寄生虫，两个孩子一见到瓦灵霆就会抱它和它亲热。终于有一天，当瓦灵霆从外面高高兴兴地跑回来，我发现它身上有两只大大的 zecken 时，我不得不下决心要把它送到动物收养所去。因为这里一年四季除了冬天，其他三季都有 zecken。那天晚上我一夜没睡，我舍不得瓦灵霆，但我实在担心 zecken 的危害性。

我永远忘不了送走瓦灵霆那天的悲惨情景，瓦灵霆由于一夜没回，早晨一回到家它就沉沉地睡着了。我担心下不了狠，就叫了一个德国朋友陪我一起去。我把它抱起来放在盒子里，在盒子里放了软枕头想让它在汽车里接着睡。到收容所我想最后再抚摸它，和它亲热亲热时，它从我身上跳了下来，它感觉到了不祥，我怎么叫它都不理我。它悲悲地叫着，我从来也没听到过这么悲伤的叫声，我心里痛苦极了。收养所的人轻轻地呼唤它把它抱了进去……

两个孩子号啕大哭，伤心极了。我非常痛苦，无法安慰他们。我只有天天祈祷，希望瓦灵霆遇到一个好人家，我相信，像瓦灵霆这样温柔漂亮、有教养的猫一定会遇到好人家的！

瓦灵霆已经送走三年了，我的脑子里常常闪现出它那优雅的身姿，它那温柔的眼睛，想起它对我们的依赖，我像丢掉了自己的孩子总在心里自责，我想念它不亚于想念伙伴，为了纪念它，也为了让自己能轻松些，作了此文。

田野

十月的一天，阳光暖洋洋地飘洒着，我把儿子送到他同学家后把汽车停在路边，想散会儿步。儿子的同学住在山顶上，原以为山上只有住家，可走着走着突然大片田地出现在眼前，我惊喜万分，这片田地一直伸向远处那橙红色的树林，美极了！

我拉着女儿的小手走在田间路上，尽情地享受着温柔的阳光，可当我的眼睛掠过一片新翻过的田地时，心里猛地一阵阵发热，眼睛也不由自主地潮湿了，这田野是多么熟悉，多么亲切啊！于是一片又一片的田野在我的脑海里翻滚起来：

我想起了江南的田野，那里一年四季鸟语花香。外婆不管到哪里总是把我带在身边，我们常常一老一少慢悠悠地穿过桑树地，走在田间路上，我看着外婆笑眯眯的脸，心里甜滋滋的。也不知多少次地和外婆到池塘边洗衣服，我拉着外婆的手走着、笑着，一开始我只是给外婆做个伴儿，可后来我也能帮外婆洗衣服了。池塘周围是一片绿油油的农田……

有一天我要离开外婆了，当我想和她告别时，看见她独自一个人扶着桌子，弯着腰，泣不成声的样子，我再也忍不住了，伤心地哭了起来……这是我第一次体会到和亲爱的人离别的滋味。

在江南我度过了纯朴、恬静的童年，那里荡漾着外婆的爱，这份爱让我铭心刻骨，一直滋养着我。

西北的田野是朴素的，记得从大学西门出去向右走有一片田野，我不知去过多少次，有时我一人去，有时和朋友去。那片田野是黄色的，除了有些稀稀落落的树木好像也没种什么庄稼。我看到这片田野就会思念起江南那一片绿色，眺望远处，好像远方那发绿的地方就是我日夜想念的老家。在外漂泊了这些年后，西北的田野对我来说也越来越显得亲切、可爱。西北的田野把我带回到一些场景，那些难忘的场景里有着我美好的回忆；西北的田野把我和我的大学、中学及小学时期的同学和朋友联系在一起，我那些质朴可爱的朋友们，不知他们都好不好？

还有一片田野也总在我脑际环绕，那是德国北部的田野。那时儿子只有三岁，附近幼儿园没有空位，我为了上学就把他送到很远的一个幼儿园。记得下午我上完课去接儿子时的心情是多么迫切，儿子又总是像只小企鹅似地奔跑着向我怀里扑来……我会绕到一片田野里，把自行车放倒在小路旁，在那里我和儿子休息一会儿，有时那里还有羊群、牛群甚至马。儿子追着羊群，羊脖上的铃铛响起来……看着那片一望无际的田野，我感到无限安慰。

在田野里我闻到了故乡的气息，在田野里我感到一种满足。遥望远处，我仿佛倏忽又回到了让我越来越思念的故乡——那绿油油和水滢滢的江南，以及西北旷野的黄色，我那朴实的故乡。

德国小镇生活

搬来这个小镇居住，我们的长相显得更引人注目，小镇只有我们一家亚洲人，进进出出都会引起好奇的目光，乡愁一股股地袭上心来，遣都遣不走。时常思念有外婆、舅舅的那片故土，想起亲人和同学朋友，总会不由自主地落泪。那里的一切都和自己有着千丝万缕的情感，可在这里我们像星外之人。但是为人妻、为人母总不能沉湎于这种忧愁里，我们要在这里生活，就必须和这里的环境和人打成一片，我告诫自己要随遇而安。

虽说我们居住的小镇环境优美，周围有田野、森林，可总觉得金窝银窝不如自家的鸡窝，缺着那份情，故乡的那个可爱的家园早已在我的心里扎下了深根。我走在田间路上常常会想，如果外婆和舅舅也在这里的话我一定会快乐，不会这么忧伤的，尽管他们都不在人世了。慢慢地我发扬了阿Q的精神，每次看到郊外美丽的风景，常想象外婆和舅舅也和我住在一起了，他们就在我身边，我把这片田园风光占为“己有”，在这里我和外婆与舅舅笑着，说着。

与人为善是我的生活准则，我常提醒儿子，他比邻居孩子都大，要做好榜样，不要同邻居斤斤计较。一来是因为我们在这里没有亲戚朋友，只会有求于邻居，加之想让德国人看看中国人的形象。多年过去了，不但我们大人和邻居相处融洽，生活上得到邻居的帮助，儿子、女儿也让邻居另眼相看，他们成了邻居孩子的榜样。

邻居在花园里种了一丛竹子，竹子在蓝天白云下茁壮成长，几年下来竹子直往我们花园里钻，邻居不好意思地说我们可以把这些不听话的嫩竹剪掉。我说我就喜欢竹子，我从小是在竹园里长大的，我还怕它们不来亲近我呢。这丛占着两家花园的茂盛的竹子既减轻了我的乡愁，又成了中德两邻舍的和睦信使。我们和邻居一起烧烤、一起庆祝元旦、一起踏青等，也一起为孩子们创造了一个欢乐的环境。

为了锻炼身体，我们又加入到镇上的跳舞俱乐部。这个俱乐部有三十多年的历史了，一直有十对左右的会员，有的因年纪大了或身体原因会退出俱乐部，但又有因孩子长大加入进来。有一对舞蹈老师每周来一次带领和指导我们跳舞——拉丁舞和标准舞，所以我们跳的是男女双人舞。当然教练也给我们编排几个队形集体舞，多点情趣。除了跳舞，俱乐部每年还有骑车郊游、庆祝圣诞和舞会等活动。有时镇里举办地区俱乐部的表演大会，我们也要拿出一两个队形集体舞为大家表演。就这样我们又认识了一些当地居民，他们既把我们当做中国人，又把我们当做这里的居民，这减轻了我不少乡愁。

我们是完完全全的中国人，即使入了外国籍，这份乡愁是挥之不去的，但我们只有融入当地生活，才会减轻一点思乡之苦。

儿子十八岁

儿子，今天是你十八岁生日，我真不知怎么来形容这十八年的滋味。你出生时的情景还历历在目：大夏天，我躺在产床上，妇产医生掀起我的裙子时，尽管身体疼痛，但我心里还是觉得很不自在；后来随着我痛苦的努力，出来一个男孩——那就是你！你睁着黑亮的眼睛大哭了几声，就好奇地东张西望起来，我一阵惊喜！我当时还以为你什么都看见了呢，后来才知道刚出生的婴孩是看不见的。你一出生就很俊秀。第二天当你满脸水泡（你奶奶，即我母亲，那一夜给你盖得太热）非常宁静地躺在我身边时，我激动万分，忍不住眼泪一滴滴落了下来，心想现在我们是一家人了，这个小家伙是多么可爱！

接着，你爸出国了，我要在科大进修几个月，只得把你托付给我母亲照顾。因为看不到你、担心你，我有时会在宿舍里一个人哭泣……

你快一岁时，我去杭州接你，见你瘦了，不认识我了，一见路过的邻居你就小手伸伸希望别人抱你，像个没人要的孩子，我的心都碎了，我发誓再也不丢开你。那时中国的交通还不发达，我们凌晨四点就起来赶到汽车站，坐了十几个小时的汽车从杭州到达合肥。一到合肥车站，你就吐了给我帮忙的陌生叔叔一身，可他没有半点不快。后来我的朋友把我们俩接回家里，鲍岚阿姨是我在合肥的好朋友，她和她丈夫张冰叔叔帮我很多。我托人找了个小保姆带你，以便我能上班，我们过了几个月宁静的日子。

出国了，因为你太小进不了幼儿园（当时德国小孩三岁以后才能进幼儿园）。我是那样的无奈。你爸给你准备了一辆小孩车，给我指点了食用品商店，就早出晚归忙于工作了。我推着你去买菜，当时我语言不通，只能通过指手画脚买来日需品；我推着你去儿童游戏场玩，你整天和我嘀嘀咕咕的，我们从早到晚相依为命。

后来你去了一个很远的幼儿园，因为附近的幼儿园位置满了，而我去学德语。每次我骑车子去接你时，会骑得很快，大约四十分钟就到了，你远远地会看见我，就急匆匆地向我扑来，我知道，你一定等了我好长时间。有时幼儿园阿姨讲，你在玩的时候累得快要睡着了，我好心痛！从幼儿园回来时，我们有时会绕到一片田里，我坐在那里休息一会，看你高兴地追羊玩。若是下雨，我则会给我们披上雨衣使劲往家骑。

你长大点了，我俩逛商店，你总找些上面有动物的衣服拿来叫我试，并说我穿上很好看，让我买。那件黑毛衣上有一只白色大企鹅的衣服就是你给我挑的，我穿了很长时间，我一穿别的衣服，你就问：为什么不穿企鹅衣服了？你总是那么欢欢乐乐的，给我那颗忧郁的心带来了从来没有过的快乐！你让我体验到了世界的可爱、生活的美好！

我还记得我第一天上班回来时，你给我送花的情景：你背着书包站在外面，举着一个包起来的礼物大声说：“妈，这是送这张照片，儿子九个月。儿子七个月时丈夫去国，多亏我同事帮我照看，才使我能够工作和学习。

这张照片，儿子九个月。儿子七个月时丈夫出国，多亏我母亲帮我照看，才使我能够工作和学习。

这是女儿的周岁照，去照相馆照的。哥哥很喜欢妹妹，妹妹小时候他没少抱她、背她。

这是女儿的周岁照，去照相馆照的。哥哥很喜欢妹妹，妹妹小时候他没少抱她、背她。

给你的。”那时你刚刚上学，你说本来想给我买那把漂亮的玫瑰花的，但营业员说两马克太少了，就给我买了一小棵绿色植物。我非常感动，但还是告诫你，以后一个人千万不要出门，在家里等我。你听了，后来总在家里等着。

有了妹妹，你是那么的喜欢她，她睡着时你总要去看她，连她拉的屎你都要盯着议论一番。你总喜欢抱她，还抖着。一个刚出生的婴儿怎么受得了你的抖弄呢，你一抱起她，我的心也提了起来。后来我们娘儿仨生活了几个月（你爸一个人先去南部工作了），你帮我买菜，帮我逗妹妹，不让她哭……唉，你是一个多么可爱的小男孩！

你喜欢买漫画杂志和游戏等，我给你的零花钱不够，你就每周去送一次报纸赚钱（德国十四岁以上的孩子容许送报赚零花钱）。你一送就是几年，不管刮风和下雨。

慢慢地你到了青春期，就是说叛逆期。我看你数学成绩下来了，要辅导你，你不愿意，你觉得你在班里的学习算好的；继续教你中文你又把书撕掉……我真是伤心极了。你开始有了自卑，觉得长得没有德国人好看。其实你是个英俊的男孩，不知有多少人在我面前夸过你，包括德国人。有人说你长得像我时，我会很高兴。这几年我们没少吵架，我想让你成为一个有作为的人，希望你好好学习，身心健康地成长，因而限制你看电视、尤其是玩电脑上那些暴力游戏。

你学了几年笛子，后来你想吹萨克斯，一直坚持着。要说你对音乐的兴趣不算非常大，但你十几年来始终遵守我们的约定，每天练习半个小时。每次开练前你会声明一下，我开始练了，妈，你看着表，半个小时1分钟不会多，你肯定停练。不过你的音乐老师对你倒很满意。你在的那个乐队在当地还算有点名气，每年都有音乐会，有时你们还去外地演出。你们每周有两个小时的排练，演出前的排练会更多。我们住在另一个小城，有时我送你去，有时我只送你到汽车站，下车后你得走一段路，但你从不缺席。每次你们演出，我们全家就像过节似的，早早地订票去欣赏，我看见你坐在舞台上感到很自豪。

近年来，我们吵得少了，我知道你开始成熟起来，其实我也感到有点筋疲力尽了，也觉得你不是小孩子了，开始放松对你的管教。十八岁了，这是一个成人的年龄，意味着你有很多权力和自由了。你是一个聪明、重感情的人，我理解你作为一个外国人在这里生活的困惑。但我相信，你会凭自己的聪明才智来掌握住自己的未来！

儿子，这十八年来，你让我体会到了生儿育女的不易，也让我得到了很多很多的生活乐趣！你大了，希望你快乐、上进；希望你坚强、自信，永远祝福你，永远爱你！

今天我很激动，你的一个个快乐的表情总在我的脑子里转悠，我总想落泪……

这是儿子高中时和一帮同学朋友去德国Bodensee度假时的照片。我很喜欢这张相片，选用了。

这是儿子高中时和一帮同学朋友去德国Bodensee度假时的照片。我很喜欢这张照片。

儿子在长大

儿子去年以优异的成绩高中毕业（德国高中毕业的成绩相当于中国的高考成绩：是高中最后两年成绩的平均分算一半，毕业统考成绩算另一半），做了九个月的义工，这是每个德国籍健康男青年必尽的义务，去医院、幼儿园、养老院等处服务。十月份他将去他自己选择的慕尼黑工业大学上学。由于他要做大学前实习，这次我们回国，留他一人在家，这是他第一次自由生活。

临行前儿子顾虑重重，他一遍遍地说，我们一到中国就给他打电话，否则他会担心的，让我们每天给他发短信。其实我比他更担心，怕他自己不会弄饭吃，怕他晚上开车出去不小心万一出事，怕他生病没人照顾。而且邻居出去度假，还把两只猫交给他照管。

我们到北京的第二天，儿子在电话里讲他刚把衣服洗出晾在外面，出门时下起了雷雨，衣服全湿了，又得重洗。又一次儿子发短信说他踢足球时脚趾踢断了，到医院去了，把我们吓坏了，打电话去问，原来是扭伤了脚。一次儿子在电话里讲他病了，医生让他休息两天。我不得不怀疑，平时太惯他了，以致于他还没长大。

三周终于过去了，在回程的飞机上我想象着，儿子一定瘦了，家里也乱得不成样子了，晚上我们到家只得煮点方便面吃。

德国时间晚上十一点多儿子去火车站接我们，他说为了迎接我们他把花园草割了；把楼上楼下的地吸了、拖了；两个洗手间也擦洗了；他还从网上找出了菜谱，给我们做了一顿特别的晚饭。看着儿子摆在桌上的海鲜面，我实在不想让他扫兴，可由于时差关系，少了一夜睡眠，胃里感到有点恶心，只吃了几口。儿子有些失望地说，他照着菜谱专门去采购了一趟，因为怕糊了、冷了，一直等到去接我们前的一个小时才动手开做。他大口大口地吃着自己做的面。女儿直夸哥哥做的饭好吃，把一大碟面全吃了。我说等睡一觉后，明天我一定吃他做的美餐。

时间过得真快，当年儿子不到两岁，我以自费留学的身份从莫斯科转机带着他来和在德国攻读博士的丈夫团聚。儿子第一次乘机，感觉特别吧，路上十几个小时紧紧搂住我不放，于是我从北京一直用两只胳膊把他捧到了德国。爸爸来抱他，他大哭大叫、又蹬又踢的，因为不认识爸爸。

我们母子相依为命了一年后，儿子得到了一个幼儿园的位置，我终于能去上学。有一次他问我，幼儿园的小朋友说他不是德国人，为什么呢？他感到了和别人的不同，知道了自己是中国人。由于当时自己学德语心切，忽略了儿子的中文，不知不觉中，他完全同我用德语交流。我深感自己失职，一个中国孩子不会说中文怎么说得过去？于是我给儿子立下规定：在家必须说中文，同时我开始教他认字和写字。这一年对我俩来说是多么不容易，儿子为此哭了不少鼻子，但收获是可观的，儿子可以同我用中文交流了。

我们每次回国探亲都会去上海待上几天，在那里走马观花地转转看看。这次也是，那天我们一家在南京路溜达，看见不少游人坐在小火车里，我们也不由自主地坐了过去，开心极了。坐在小火车里叮叮当当地转了一圈回来，抬头看见楼上有一家照相馆牌子，说进去照张相吧，我照了一张全家照和这张两兄妹的照片。

第二年丈夫被德国公司派往上海工作，于是我有了更多更好的机会认识上海。

我们每次回国探亲都会去上海待上几天，在那里走马观花地转转看看。这次也是，那天我们一家在南京路溜达，看见有不少游人坐在小火车里，我们也不由自主地坐了过去，开心极了。坐在小火车里叮叮当当地转了一圈回来，抬头看见楼上有一家照相馆牌子，说进去照张相吧，就照了一张全家照和这张两兄妹的照片。

第二年丈夫被德国公司派往上海工作，于是我有了更多更好的机会认识上海。

几年过去了，我们母子一起吸收着中西方的文化，我从不间断教他学中文，介绍中国文化，对儿子充满着无限的憧憬。然而这个快乐活泼的男孩却进入了困惑的青春期，他开始垂头丧气，爱发脾气，拒绝继续学中文。我伤心极了，不知出了什么问题。

不过慢慢地等我冷静下来仔细想想，觉得儿子挺不容易，他曾问我：我们是中国人为什么跑到外国来生活？他没有妹妹那么幸运，能和儿时的玩伴在一起。我们一次次搬家，他一次次地离开他的朋友，尽管每到一个新环境他都尽快地又找到新朋友，但随着年龄的增长，再找新朋友也不那么顺利了。他为此伤心过、痛苦过，他需要得到别人的承认，生活在两种文化里的他要自己去解答问题。儿子最终又有了新朋友，他们一起学习、一起踢足球、一起看电视……我为他感到高兴。

儿子在和德国同学打成一片的同时，也以自己是中国人而感到自豪。高中毕业，他和一个德国女生策划和主持了由全体师生和家长参加的隆重的毕业典礼，他把家里的一面大五星红旗拿去挂在了大礼堂里。同学们对他开玩笑：凯，你总不会搞个中国式的典礼吧！

这三周的考验，我感到儿子长大了，现在他要上大学了，我希望他好好学习，为今后的生活打好基础，我为儿子感到非常自豪，希望他拥有一个健康、快乐的人生。

注：德国 9 个月的义工现在改成自愿，不是必尽的义务了。

在海外，我坚持教儿女学中文

儿子来德国团聚时不到两岁，只会蹦出几个中文单词："牛奶""果汁"等。一年后儿子入了幼儿园，他的中文单词和短句不见了，而我居然能从儿子那里学到德语，感到真是高兴，因为丈夫和德国人讲德语，我一点都听不懂，心里正着急呢。

不知不觉中儿子六岁上小学了。一次，有人对我说，你儿子真可爱，讲着一口流利的德语，要是不看长相还以为是德国孩子呢！我感到很不好意思，儿子居然不说中文了，一个中国人不会说中国话怎能说得过去？附近没有多少中国人，也没有中文学校。于是我下令以后在家里只能说中文，并开始教儿子学中文，我放弃了从儿子那里学德语的机会。

儿子脱口便是德语，同样一句话，我得让他再用中文重复一遍，并加以纠正。他感到非常痛苦，没少哭，但我也没软下心来。

工夫不负有心人。一年后儿子基本能同我们用中文交流了。我每周给他上一次中文课，先从拼音开始教，尽管我带有南方口音，有的拼音自己发音不准，但我一边自己纠正一边教儿子。开始我每天规定他写三行字（三十个字），毕竟他才六岁。每年增加字数，最后是一页字。每个周末进行一次测验，测验最能促进他提高了。看他进步大时我就表扬他，给点小奖励。慢慢儿子这时还不到6岁，刚刚开始跟我学习中文。在教他学习中文的几年中，我们也没少吵架，但我们也有很多美好的回忆。有时在我的生日，或是儿子高兴时，他会递给我他额外多写的比较工整的（不是我布置的）中文字，给我来个惊喜。

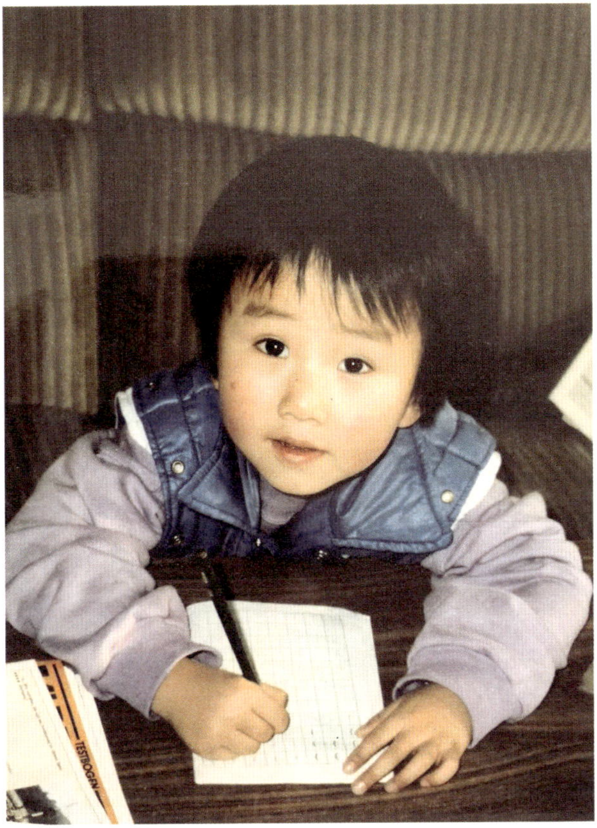

儿子这时还不到六岁，刚刚开始跟我学习中文。在整个学习中文的八年中，我们也没少吵架，但我们也有很多美好的回忆。有时在我的生日，或是儿子高兴时，他会递给我他额外多写的比较工整的（不是我布置的）中文字，给我来个惊喜。

这是女儿十岁时写的一篇小作文，参加了第八届世界华人小学生作文大赛，获了二等奖。女儿学中文比较自觉，可能是受哥哥的影响吧。

猫

王丰梅（10岁）

我们家有过一只很可爱的猫，它有一身毛茸茸的、像老虎皮一样的花纹，它用爪子洗脸的样子很好玩！有时候我跟朋友吵架了，我就抱着它，跟它说话，一会儿它就把我逗笑了。我很喜欢和猫亲热。

现在我们没有猫了，但是我经常去邻居家和猫玩。邻居家有两只猫，它们是猫妈妈和猫儿子，是邻居从动物收养所领来的。猫儿子小时候在它妈妈那儿吃奶的样子非常有意思。这只猫妈妈现在总喜欢到我们家来，我就抚摸它。我也跟着邻居去了动物收养所，那里有很多动物，其中有很多猫：有红的、白的、黑的，还有花的。我们在那儿呆了好长时间。

猫喜欢独自行动，不像狗那样合群。但是猫也愿意让人抱它、同它玩。猫像人一样，有的活泼贪玩，学东西快；有的胆小，学东西慢；还有的很好奇，就会遇到麻烦。猫喜欢躲起来睡觉，喜欢晚上出去，但是它们白天也喜欢在外面玩。猫还会数数，但只能数到五，这是生物老师告诉我们的。

现在，如果我在路上看到一只猫，我就会叫它。我喜欢猫，希望人们都能好好地对待猫和其它动物！

（寄自德国）

梅梅和猫在一起

这是女儿十岁时写的一篇小作文，参加了第八届世界华人小学生作文大赛，获了二等奖。女儿学中文比较自觉，可能是受哥哥的影响吧。

地我也让他做一些造句，几年后，我还让他写过几篇短文发表在《人民日报·海外版》的“学中文”版上。整整八年，我从没间断教他学中文。

女儿从小看着哥哥学中文，三岁多就盯着中文报纸，问这问那的，动不动从中文报上找几个她认识的字出来，把她哥哥逗得直笑。他对妹妹说，学中文可不是那么好玩的，还要挨妈妈的骂呢。她看哥哥的照片登在《人民日报·海外版》上，问自己的照片为什么不在上面呢？慢慢地她也开始学中文了，我又成了她的中文老师。我也每周给女儿上一次中文课，每天给她一些中文作业，可能女儿看着哥哥学中文长大吧，她学中文很自觉，我也就不忍心去测试她了。我断断续续地教了她一些古诗，像《咏鹅》《静夜思》《登黄鹤楼》《夜宿三寺》《春晓》等。因为她的名字是“梅”，所以她从来没有忘记王安石的那首《梅花》的诗，我希望她也像梅花那样“凌寒独自开”。

我对书情有独钟，有了女儿后我一边料理家务，一边读书写作，并做些翻译工作（由德语翻译成中文，有的德国公司需要）。令人高兴的是，女儿在学校也成了读书大王，因此她的德语顶呱呱。她也不时地写些短文发表，并获得世界华人小学生作文大赛的三等奖和二等奖。女儿说以后也要写书，用德语写，然后翻译成英文、法文和中文。如果我愿意的话，她说，可以帮她翻译成中文，而她可以把我的中文书翻译成德文。听了女儿的话，我心里真是乐开了花，还有什么能比女儿的这些话更动听呢。

孩子们渐渐长大，儿子上了大学，他现在很感谢我教他学了中文，尽管当初教他学中文并不容易，而他在大学自己又继续学中文。女儿仍在跟我学中文。当看到他们完全能用中文同我们及中国朋友和亲戚进行交流，并以他们是中国人而自豪时，我是多么的欣慰啊。

陈安慰老师

陈老师是我初中时的数学老师，是支边青年。三十多年过去了，想必他早已退休，我一直没再见到他，因此留在我记忆中的还是那个真诚、不多言谈、充满活力的年轻教师形象。

当时的中学很大，校园里那一排排高大挺拔、错落有致的白杨树使得校园显得很有朝气。晨练是我们中学的一道亮丽风景，每天早晨一千多师生排着整齐的队伍聚集在操场上做早操，然后是早跑，那个穿蓝色中山装，身材修长的年轻教师最引人注目，他就是陈安慰老师。陈老师长得很像著名演员达式常，当时每上演一部达式常主演的电影，同学们都会议论他俩的长相。有的同学还当面对陈老师说他很像达式常，陈老师总是微微一笑说："不像、不像。"

陈老师不善言辞，记得有一次刚打了下课铃，他正在给一个学生解题，一个男生上讲台挥动着他的尺子玩耍，把他的尺子弄断了，他指着那个男生"你、你、你……"半天没说出一句话，拿着那把断尺走出了教室。

陈老师是我最敬重的老师，他不但课教得好，也是一位让我有了自信心的老师。他上课从不啰唆，不像有的老师要花上很多时间来讲大道理，浪费学生的时间，课后给学生留下一大堆作业让学生回家去啃。陈老师给学生留的作业并不太多，但他很有一套教学方法。他用启发式教学，对学生总是先提出问题，让你的思路紧跟着他转，不知不觉中会让我们恍然大悟。上他的课就像玩一种逻辑游戏，是他把我的数学兴趣大大地激发了起来，那时我深深地喜欢上了数学。

初中毕业前进行了一次全县数学竞赛，从各学校选拔出来的百名参赛者中，只有十名获奖者，他的学生就占了三名。我代表获奖者在学校发了言，当时却只字未提陈老师。那时我还不会用自己的心来表达真实的思想感情，一想起那份让人帮写的发言稿，就让我感到惭愧，也因此我总对自己说：要做一个真实的人。

我从小不在父母身边长大，生性腼腆老实，自认为是个不灵气的孩子。是陈老师一次次地对我父母讲，他们的女儿很聪明，这对我和我父母是何等的鼓励。我永远不会忘记，有一次假期我去陈老师家问数学题，他放假前总给学生发一份自己油印的练习题，并说谁有问题随时都可以去他家问。那时正好著名数学家陈景润的哥德巴赫猜想震惊于世，陈老师拿着那份报纸激动地读给我听。写到这里，我脑子里又浮现出他那亲切甚至有点天真可爱的表情。当我在人生之路感到消极时，总会想起陈老师。

尽管我和数学无缘，阴差阳错地走进了物理系的大门，后来又一事无成，但陈老师那激动的表情永远留在了我心里，激励着我。每当我辅导我的孩子，甚至后来辅导德国孩子的数学时，总会提到陈老师，在陈老师那里学到的知识很扎实，永远不会忘记。

陈老师后来返回杭州后改了行，没有继续当老师，我也和他失去了联系。但他那优雅的气质和认真负责的教学态度让人永远难以忘怀，他在我的心目中永远是一位最出色的老师，我衷心地祝他健康、幸福！

交通事故

我有约二十年的车龄了，在德国的日常生活中我离不开驾车，但只发生过两次小的交通事故和几次违规驾车。

一次是有个邻居把车停在了我们的车库后面，我倒车出来时撞到了他的车，他的车门凹进去一大块，保险公司赔偿了修理费，因而我们的保险费也上涨了。另一次是警察帮我说服对方和解了，因为是一个非常不起眼的痕迹，但如果她苛刻的话要去修车店，把整块汽车部件换掉，那就贵了。而那几次违规驾车警察也没罚我款，其中一次是我送女儿的钢琴老师回家发生的事，却让我终生难忘（女儿学过一段时间钢琴）。

那天，女儿和小提琴老师、钢琴老师及几个学生排练完，已经比较晚了，又接着上钢琴课，上完课已是晚上十点多了，我就开车送钢琴老师回家（她平时坐公共汽车）。因为第一次开这条路，又没带导航，当时还没手机，回来时弯来弯去的，我开到了单行道反方向。这时警车过来了，问我有没有看见这是单行道，我说没有；又问去哪里？我说要上29号快速道。他们看看我的车牌，可能觉得大半夜的，我还得开100公里路才能赶到家吧，不但没有罚我款，还用警车给我引路，把我引到了快速道进口处，然后招招手向我告别。写到这里，我还必须得讲一讲我女儿的一个小提琴老师。

女儿后来由前一个小提琴老师的推荐，换到了一个约一百公里远的小提琴老师那里，近五年，每周一到两次我送女儿去那里上课和排练。这位小提琴老师对音乐充满了激情，他对他的学生倾注了满腔热情，非常用心地培养和指导他们。他很喜欢我女儿，一直鼓励并安排她参加各种演出和大大小小的小提琴比赛，她得了不少奖，那是一段不同寻常的经历。令我们十分难过的是，这位小提琴老师后来生病，离世时才五十二岁，然而他对音乐的那份执著和引导学生们奋斗的热情深深印在了我们的记忆里。

通过小提琴我们认识了不少音乐教师，给了我女儿很大帮助。有个意大利钢琴老师，他后来成为德国音乐学院教授，每次我女儿的重要比赛，他都不辞辛苦地赶去为她伴奏。看他的钢琴演奏是一种极大的享受，他的神情、身姿仿佛都融在了音符里。小提琴让我们母女经历了大大小小很多故事，这次的违规驾车引来警察“护送”，也算是其中的一个吧。

和前两次交通事故相比，下面要讲述的交通事故却带点戏剧性。那天当我兴致勃勃地从一家服装店出来，坐进汽车里，想把车子从停车场倒出来时，突然听见“呯”的一声。我连忙熄火下车，只见我的黑车尾部和一辆庞大崭新的白色奔驰的尾部在路中间碰在了一起。原来两辆车是屁股对屁股停着的，那辆白奔驰的光溜溜屁股后面被画上了一道浓浓的黑印，我紧张极了。

车里出来一位高大威严的红头发中年女人，她冲我破口大叫起来：“你是怎么搞的，我的车停在这里，你居然撞到我的车上来了。我还按喇叭了，难道你没听见!”

“对不起，我没有听见喇叭声。”我很自责，不知所措地说。

这时和“红头发”一起的男子——和他女伴相比他倒显得文静，问我要了地址和保险公司号码。我把他要的东西都给了他，并问我们该怎么办呢？他说他们要先去修车店修车，然后同我的保险公司联系，我要等他们的回话。说完他们开车走了，我望着他们远去的车，突然反应过来该记下他们的车牌号，并想这下可糟了。

我站在那里懊恼极了，一个年纪较大的德国妇女慢慢走了过来问：“你给他们什么了，你是不是把事故的责任全承担下来了？”

我说他们的车是停着的，而我倒车时撞着他们的车，再说他们还按喇叭了。

“你听见喇叭声了？”她问。

我说没有。

“你们出事的时候我正好在旁边，整个过程我都看见了，事故的原因并不是你一个人的错。要是我的话会叫警察的。”她说。

我问她能不能把她的地址和电话号码留下来，到时能为我作证？她说可以。正在这时，好心的女证人看见那辆白色奔驰又喜气洋洋地回来了，她指指那两个下了车正准备进商店的人说：“这不是刚才那两个人吗？”

我立即赶了过去对那两人说这事应该叫警察处理，因为有人看见了事故的经过。

警察来得并不及时，我们足足等了二十多分钟，证人也一左起：钢琴老师、小提琴老师Frank Krauter和我女儿、儿子学生。

我选用这张照片是为了纪念女儿的小提琴老师Frank Krauter。我女儿在他那里学了五年小提琴，他竭尽全力地指导和培养我女儿。因为路途远，他常常为了我们的方便，周末赶到音乐学校给我女儿上课。这五年，我们母女激情满怀地沉醉在音乐的世界里。我从上海回到德国后，我们才得知他这么年青已经病故，我们母女止不住痛哭一场。

我们对他永远心存感激之情！

左起：钢琴老师、小提琴老师 Frank Krauter 和我女儿、几个学生。

我选用这张照片是为了纪念女儿的小提琴老师 Frank Krauter。我女儿在他那里学了五年小提琴，他竭尽全力地指导和培养我女儿。因为路途远，他常常为了我们的方便，周末赶到音乐学校给我女儿上课。这五年，我们母女激情满怀地沉醉在音乐的世界里。我从上海回到德国后，我们才得知他已经病故，英年早逝。我们母女止不住痛哭一场。

我们对他永远心存感激之情。

直等着。“红头发”理直气壮地对两名警察说，她的车是停着的，是我倒车时撞到她车上的。

这时，女证人慢慢地一字一句地说：“你的车没有停着，我看得清清楚楚，你先往后倒，没倒出来，就往前开了开，再次往后倒时正好黑车也往后倒，于是两车屁股撞到一起了。”

“可是我按喇叭了，要是我在开车的话，怎么会按喇叭！”“红头发”强硬地说。

“你根本没有按喇叭！”女证人说。

“这位女子把责任都承担下来了，我于心不忍，因为我什么都看见了。”女证人对警察说。

警察查看了两辆车，然后对“红头发”说，如果两辆车都在往后倒时撞上的，那么两个人都有责任。

“你想怎么办吧？是想通过法庭解决呢，还是到秩序管理局(ordnungsamt)去？到法庭你赢不了，因为有证人；去秩序管理局，你们一人交五十欧元的罚款费。”

“红头发”犹豫了一会儿对警察说了什么，另一位警察则问我是从哪个国家来的，叫什么名字，还开玩笑说，这可不是施瓦本(德国南部地区)名字。

女证人仍不放心地问警察这事是不是了结了，警察友好地说是的。我连忙对证人说谢谢，并说要是没有她的话，不知会吃多大的亏呢。

女证人说不用谢，她实在不忍让一个无辜的人吃亏，然后她又像母亲关心女儿的口吻问我是不是从这事中吸取了教训，我说是的，以后碰到这种事应该叫警察。

“千万不要把责任马上就承担下来！我们有些德国同胞见了外国人就以为好欺负。”说完她才和我告别。我望着证人的背影，敬佩之情油然而生，也让我看到一个正直的品格。

通过这几次交通事故和违规驾车，让我遇见了各种不同的人，对那几位帮助过我的警察、那位正直善良的证人，我始终心怀感激，并对自己说要做一个充满善意的人。

女儿十八

宝贝，转眼间你已十八，一切都是这么快。我还清楚地记得你出生时的那瞬间，就像昨天。护士用毛巾把你裹着放在我怀里，你轻轻地抖了一下，掉下两颗眼泪，然后就安安静静地躺在我的怀里。我有点吃惊，你哥出生时大声哭叫了几声的，而你却是安安静静。

你一直都是安安静静的，安安静静地来到这个世界，安安静静地做你想做的事，安安静静地让周围的人、老师和同学吃惊。你让我和你爸宠你，让你哥宠你，尽管他有时是那么忌妒你，可还是宠你。

这十八年来，我和你经历了无与伦比的快乐！

我怀你五个多月时停止了工作，满怀着喜悦期待你的到来，我也终于有足够的时间来看我想看的书，听我想听的音乐，我用书和音乐迎接你的到来。

你哥是想要一个弟弟的，可以和他踢足球，可是他得到了一个妹妹，他还是很喜欢。他觉得你什么都好玩，睡觉的样子好玩，吃奶的样子好玩，连看给你换尿布他都觉得好玩。你约十个月大第一次爬到你哥的房间里，坐在那里玩着你哥的玩具乐在其中的样子多么可爱！这之前，你寸步不离我，我到哪儿你就爬到哪儿。两岁，你想让哥哥背你，你说等你长大了，哥哥变小时，你也会背他，逗得哥哥背着你还乐滋滋的。

你长大点了，会走会跳了，我让你出去和德国邻居小女孩玩，你动不动哭着跑回来，说小朋友太野。你哥想去说她们，我阻止他，因为我知道你要学着去处理自己的事。你也该学点她们的“野”，她们胆大包天，什么都敢玩，会把秋千荡得高高，会把沙子散到身上去，会把衣服搞得脏脏的，而你总是小心翼翼，衣服总比别的孩子干净。慢慢地你再也不哭着跑回来了，你变得胆大起来，你也会把秋千荡得很高，你跑得比她们还快，你和她们成了朋友。

你三岁时我们回国探亲，我们先到北京，住在我们在德国认识的朋友张叔叔家，你一出门就喊“太热，我想去中国”。你哥哥说，我们已经在中国了。你说“张叔叔家的中国不热”，我们都笑了，因为张叔叔家有空调。后来他们收你为干女儿，你又得到了干爸干妈的呵护。

我还记得有一次，你哥哥跑来向我诉苦：太不公平了，他好不容易教会了你玩“记忆游戏牌”，你却赢了他，当时你不到四岁。你小时候不敢一个人睡觉，我得陪着你睡，我就天天给你读德文儿童故事。有一天你的幼儿园老师吃惊地告诉我，你已经会阅读了，这是她没经历过的事，一个五岁的孩子会阅读了。我想可能你反复听我给你读的那些故事，已经在你的记忆里存下来了，你最先阅读的书也是听得最多的那本书，其实这本书并不简单。我俩都喜欢书，读书给我们带来了无穷的乐趣。

你六岁时想学小提琴，你爸说拉小提琴太难不赞成，于是就学了笛子。后来笛子老师说你有音乐天赋，我还是满足你的女儿一出生就受到三个人的宠爱，爸爸、妈妈，还有一个姥姥，但是她还是最喜欢让妈妈抱。三个人当中她首选的肯定是妈妈。

女儿一出生就受到三个人的宠爱，爸爸、妈妈，还有一个哥哥，但是她还是最喜欢让妈妈抱。三个人当中她首选的肯定是妈妈。

应该说，我们和女儿的干爸、干妈很有缘份。她干爸当时刚到德国时，我们在一个大学的食堂相遇，后来又碰见几次。儿子三岁时我们去巴黎旅游，他也正好在。记得当时儿子走不了那么多路，他还背了他不少。他选择了离开德国继续读研，回国在北京创办了自己的建筑设计公司，并有了妻子，他俩都是搞建筑设计的。

我们去北京就被邀住在他们家。女儿和干妈、干爸彼此喜欢，就有了这份情愫。

女儿和干爸、干妈在巴黎度过假；每次女儿在上海，他们都专门赶来和我们相聚。女儿在巴黎和瑞典读了双硕士，不仅得到了干爸、干妈的支持，还得到了他们的资助。真是很难得的缘份！

应该说，我们和女儿的干爸、干妈很有缘分。她干爸当时刚到德国时，我们在一个大学的食堂相遇，后来又碰见几次。儿子三岁时我们去巴黎旅游他也正好在。记得当时儿子小走不了那么多路，他还背了他不少路程。他选择了离开德国继续读研，回国在北京创办了自己的建筑设计公司，并娶了妻子，他俩都是搞建筑设计的。

我们去北京被邀住在他们家。女儿和干妈、干爸彼此喜欢，就有了这份情愫。

女儿和干爸、干妈在巴黎度过假；每次女儿在上海，他们都专门赶来和我们相聚。女儿在巴黎和瑞典读了双硕士，不仅得到干爸、干妈的支持，还得到了他们的资助。真是很难得的缘分。

在女儿拉小提琴的几年中，大大小小的演出有过很多。但这次的演出不一般，她是独奏，有乐队为她伴奏。女儿为这次演出花了很大的功夫，投入了极大的热情。我还特地给她买了这条红长裙。

这次的音乐会，她拉的是门德尔松的小提琴协奏曲 Mendelssohn Violin Concerto。演出非常成功，鼓掌声持续了很长时间，女儿一次又一次地出来谢幕。丈夫当时已去上海工作，这次演出对我们母女俩来说是一次非常美好、难忘的经历。

在女儿拉小提琴的十几年中，大大小小的演出有过很多。但这次的演出不一般，她是独奏，有乐队为她伴奏。女儿为这次演出花了很大的工夫，投入了极大的热情。我还特地给她买了这条红长裙。这次的音乐会，她拉的是门德尔松的小提琴协奏曲（Mendelssohn Violin Concerto）。演出非常成功，鼓掌声持续了很长时间，女儿一次又一次出来谢幕。丈夫当时已去上海工作，这次演出对我们母女俩来说是一次非常美好、难忘的经历。

要求。没想到你越拉越有劲，随着小提琴水平的提高，你的小提琴老师也越换越远，跟着你，我对音乐的兴趣也越来越大，你每拉一首新曲子我都会无数次地听 CD，这样我们可以探讨。因为你，我的驾车技术渐长，我送你上课、排练、演出和比赛，不管下雨，还是下雪。你拿到不少奖，有地区级、省级，甚至国家级大奖。因为你的小提琴我们跑遍了德国的各个城市。

宝贝，你的语言天赋极高，你学了五门语言，中文是我教，你都学得很好，你是这么个安安静静的孩子，却总让人吃惊。

你慢慢长大了，有了自己的审美观，我们一起去买衣服，我们互相当参谋，我穿得越来越年轻，有的衣服我们还能一起穿。你还总喜欢我也喜欢的衣服，当然我就让给你啦，而且还很高兴。我们是好朋友，有些你不愿对朋友讲的东西，会跟我讲，而我也对你讲我的喜悦和苦闷。

近两年你爸在上海工作，我尊重你在德国完成高中学业的选择，和你相依为命。你一边准备高中毕业统考，一边仍然会去一个很远的音乐学院老师那里继续上小提琴课。你还和几个音乐老师搞了几场演出，我每次都去看你们的音乐会，感到很享受。

现在统考结束，你是全校成绩最好的，你可以选择德国的任何一所大学。其实你没有花很多时间去复习，你的时间主要用在小提琴上了。我也没多管你的学习，你天性胆小谨慎，我更注重你的社交能力和独立能力，鼓励你参加各项活动。

你说你的朋友都打工，你也要打工。你到处去找，是的，德国孩子一般早独立，我不反对你打工，认为你会从中得到锻炼的。你在一个饭店打了一段时间的工，对我说，真不可思议，这家饭店的两代人都是这样生活的。

你十八岁了，将独自去上大学。你说你是被宠大的孩子，我什么都会给你，所以你从来不知道和别人去争。你想学着独立了！其实在我眼里你还小，真有点不放心。但我知道，路是要靠自己去走的，我只有放手，你才能去创造你的生活。我只能默默地祈求上帝保佑我的女儿。

祝福你，我的宝贝女儿！

邻居好朋友

今年生日我的朋友蕾吉娜送给我一把漂亮的花，我竟然怕一激动掉出眼泪，就躲开了她的目光。记得去年的生日她为我做了德国饭庆祝，她前后为我做过几次。因为丈夫总没时间，我又不把我的生日当回事，就懒得请人来过生日了，而她偏偏又牢记我的生日。

我和她相识到成为朋友快二十年了，她是我邻居。刚搬来时我和邻居相处得比较小心，德国人和中国人一样邻居间有相处好的，也有相处不好的，以至于到法庭的地步。

我女儿和她小女儿几乎同龄，两个女孩会走会跑时就认识了，总凑在一起玩。开始我女儿动不动哭着跑回来，说玩伴太野，用沙子撒她了，或者用喷泉的水溅她了……两个女孩天性不同，她女儿胆大包天，劲头十足，什么都敢玩，我女儿小心翼翼。两个妈妈从不去干涉她俩，任她们去玩，我们知道这是孩子处世的第一步，她们自己会去解决。看着她们玩着那些滑稽的游戏长大，我们两个母亲也交往得越来越多，而且常常是我求助于她。

当她把她家的钥匙放到我家以防万一时，我也把我家的钥匙放在她家。时间越长我们越是彼此信任。她很聪明，化学专业毕业，邻居妈妈中她是唯一懂英语的。她不喜欢交际，很少去参加镇里的一些大型活动，只和几个朋友来往而已。

12 月 31 日晚上，德国人会守岁，很像中国的大年三十夜，和亲戚或朋友相聚一起一边吃一边聊，等到零点钟声一响，大家互相碰杯祝贺、放鞭炮，喜迎新年。我们搬来小镇前总是安安静静地早早上床了，倒也能听到外面的鞭炮声，对辞旧迎新没有感觉。搬来小镇的第三年。蕾吉娜夫妇邀请我们一家和他们的朋友一起守岁，孩子们当然乐开了花，我们也确实少了一份异乡的孤寂，后来我们年年一起守岁，几乎都在他家，和他们最好的一对朋友一起。慢慢地他们的这对好朋友搞什么庆祝活动也总把我们邀请上，这样一来一往，我们也成了他们的朋友了。

蕾吉娜总说上帝优待我，看我吃的一点不比她少，可不胖，而她每年都得减肥，而且每次减肥，她会告诉我减了多少公斤。她很热情，乐意助人，直来直去。她的喜怒哀乐你能一眼看出，她一点不会装。不了解她的人会感觉不舒服。有时我会想这世界居然还有比我更不会客套的人。我发现如果她不高兴时，最好让她一个人安静一会。

最让她伤心的，应该是她和一个女朋友断交，尽管几年过去了，她还会说起，其实倒不是蕾吉娜之过。一次她的女朋友（她的酒量很大）和几个男人在花园里喝酒，因为比较晚了，别的人都回去了。可能喝多了，男士们出言不逊伤了她，其中也有蕾吉娜的丈夫，她一气之下就和蕾吉娜夫妇断了交，蕾吉娜试着去讲和也没成。我劝她不要纠结，朋友应该相互尊重、相互体谅，试着理解对方。不过尽管父母断交了，几个孩子仍然是好朋友，他和蕾吉娜夫妇守岁。

每年的12月31日，我们总是一起迎接新一年的到来，有时他们的朋友也会参加。

在德国，参加啤酒节Party，他们一定会穿上德国的民族服装。我更喜欢中国的民族装——旗袍，就问了Party的主办人，可不可以穿旗袍？他在中国工作过一段时间，还给他妻子买了一条蓝色的中国旗袍。他说当然可以了，也是民族服呀，所以我有了这张穿着两国民族装的纪念照。

在德国，参加啤酒节 Party，他们一定会穿上德国的民族服装。我更喜欢中国的民族装——旗袍，就问了 Party 的主办人，可不可以穿旗袍？他在中国工作过一段时间，还给他妻子买了一条蓝色的中国旗袍。他说当然可以了，也是民族服装呀，所以就有了这张穿着两国民族服装的纪念照。

们并不受父母的影响，孩子们有自己的看法和主见。

蕾吉娜很少谈别人的事，除了我们三家邻居也不多和别的邻居来往。不过有时候聊起来，她也会说起亲戚之间的矛盾，让她不舒服。我就劝她顺其自然，不要去多想。其实亲戚之间的矛盾哪儿都一样，我自己也深感其烦，除了忍让，就尽量避开。我不太喜欢谈这些烦恼事，只会让自己生气，有时候只是点到为止。我母亲去世后和她谈过我母亲，她劝慰我说，如果像她外婆那样，多年在养老院，老年痴呆得让别人照顾，其实更不好了，尽管她活到九十七岁。

有些地方我俩是那么不同，尤其在孩子的教育方面，也许由于我们的文化背景不同。我早早就教孩子学中文，辅导孩子作业，给孩子立下种种规定，比如不准多看电视、不准多玩计算机等。而她则完全让孩子听其自然，她似乎只相信天赋，而不重视后天培养，她会当着她女儿面说，我女儿学习好是因为聪明。当然她的孩子们求她帮助时，她也会辅导他们。我常鼓励她女儿，看着她长大，一心希望她有个美好的未来。

她非常喜欢看书，而且几乎只看科幻小说，到了快着迷的程度，她一本接一本地看科幻小说，又去看幻想电影，再买来碟片看。在她的影响下，我也看一些科幻片，也觉得挺有意思，但怎么也不会到着迷的程度。她看过不少历史书，对欧洲历史很通，如果你问她一些历史事件或幻想故事，她会眉开眼笑，滔滔不绝地一直讲给你听，这时她就像个可爱的孩子。

她对亚洲文化挺感兴趣，家里有好几本译成德文的风水书，有很多亚洲烹饪食谱的书，比例中国的、泰国的、印度的，并经常尝试去做。

孩子大些后她去一个中学工作，辅导学生做作业，后来她在一家公司找到了专业对口的工作，便把我介绍给中学校长，我接替了她在中学的工作。

这几年由于丈夫在上海工作，我常在上海生活，我把整个家交给了他们夫妇，她帮我收信件、浇花等，因为我养了不少绿色植物，而她丈夫则帮我们割花园的草。如果有重要的信件，她丈夫会拆开看了，然后电子邮件给我们。

我漂泊一生，天南海北地得了几个朋友，但这个朋友是上帝赐给我的，让我少一份孤单，多一点帮助。随着时间的推移，朋友在我的感情里占的分量越来越重。

母亲

接到电话说母亲被车撞送进医院的消息，我万万没想到这竟是我们母女的诀别。赶到医院见母亲紧闭双眼，我伤心地叫喊："妈，妈……"你粗粗地吸了一口气，就没有回应了。妈，我真希望那口粗气是因为我的叫喊你的回应。

接下来的几天你一直紧闭双眼，无论我怎么喊你、摸你，你都没有明显反应，直到最后我们都没能道别。母亲，你就这样孤单地去了！

我痛苦极了，伤心透了，除了哭还能做什么呢？母亲，你为了你的三个孩子奔波了一生，付出了一切；你支边宁夏近三十年，吃了很多苦，但你却从没有软弱过！你一生节俭，对儿女给予了竭尽全力的帮助。为了实现我想返回童年故乡的愿望，你提前退休，在我大学毕业前，一人前往杭州，为我办通调动手续，到处为我找接收单位。——而我却在你把一切都安顿好时突然决定离开了杭州，留下你一个人……我结婚了，看我们分文无有，你又资助了我们。后来你的儿子想闯荡人生，离开国企，你又不惜一切辛苦，不仅和父亲一起尽心尽力照看两个孙子，而且全力支持、帮助和鼓励儿子、儿媳。

你一直都很关心我们的成长，我刚到宁夏时带着浓重的南方口音，又十分腼腆，你让我留一级，并去学校要求把我放在和我同龄的一个邻居女孩班里。还一次又一次嘱咐那个女孩一定照顾我，不让我在班里受委屈。没想到的是，我一次次被评为班干部和三好学生，你还一次次地去感谢我的小学班主任。以前我以为我是不受宠的孩子，因为我一直留在老家。有一次你说因为舅舅和舅妈都很喜欢我，放在那里你还是比较放心的，所以先把儿子带回宁夏，而宁夏当时条件实在太差，一家人只有一间小屋子。中学时你总去学校询问我们兄妹三个的学习情况，我弟本来很贪玩，慢慢地开始努力学习。在你的影响下，你的三个儿女都考上了大学。你对我的朋友总是很友好、热情，有时还拿出水果招待，她们也很乐意来找我玩。有一次，一个好朋友在我家玩，你说你俩这么要好，去照张相片做个纪念吧，你高高兴兴地带我们去照相馆照了相（当时还没有私人相机）。尽管照片丢失了，但我永远不会忘记这张照片。我去朋友家玩时，她们的母亲往往都是带理不睬的，她们自顾自。

我哥考上大学之前在铁路局一个偏僻的地方工作，刚工作那年还没有恢复高考制。你总是担心他生活太艰苦，那几年总听你唠叨、自责不该让他去那里工作，说情愿在家里养着他。为此你还和父亲争执，因为父亲认为其他孩子也是这样工作、生活的，没什么。你想尽一切办法去帮助他，还求人找关系想给他调动，但没成。你鼓励他考学，考试前你请来了我喜欢的陈安慰老师给他辅导了一段时间数学。有一次聊起来，父亲说，老大小时候极调皮，幼儿园阿姨总来告状，你不放心，还离开印刷厂去幼儿园工作了一段时间。你对每个孩子都牵肠挂肚。

我上大学时周末常回家，你早早地准备好瓜子（那时我喜外孙女要出生时，婆婆早早赶到我这里，带来了大包婴儿和我做月子用的物品。临产那天婆婆一直守在产房外，胆小地不敢进产房，就被护士推出去。经过两个小时的煎熬，婆婆那么开心地抱起她的小外孙。

后来婆婆从早到晚不停地忙碌，既要照顾孩子，还要打理一家人的一日三餐。当时我们没有相机，从同事那里借了个照相机，我们三代人欢欢喜喜地照了两张。那时相机里的一卷胶卷一般会有好几家人借着照，记录下有纪念意义的时刻。

其实后来我女儿出生时，丈夫请了两周假，是没有条件做月子的，不由得回忆起婆婆当时对我的疼爱！

外孙要出生时，母亲早早赶到我这里，带来了大包婴儿和我坐月子用的物品。临产那天母亲一直守在产房外，担心地几次进产房，被护士推出去。经过两个小时的等待，母亲开心地抱起她的小外孙。后来母亲从早到晚不停地忙碌，既要照顾我，还要料理一家人的一日三餐。满月了，我们三代人高高兴兴地出来散步。当时我们没有相机，从同事那里借了一个照了两张。那时相机里的一卷胶卷一般会有好几家人借着照，记录下有纪念意义的时刻。

后来我女儿出生时，丈夫请了两周假照顾我，没有生老大坐月子的条件，不由得想念当时母亲对我的疼爱。

欢嗑瓜子）、糖果，还有好吃的菜，还总说要把我养得白白胖胖的。你年轻时没有足够吃的，自己又瘦，在你眼里白胖才是健康标志。我每次返校，你总要送我到车站，我站在公共汽车里望着你远去的背影会一次次地在心里说，我要让你快乐。记得有一次，你给我买了一块手表，当时这块表算是一笔小财富了，可才戴了几天，表滑落丢掉了，你看我失望的样子，安慰我说，不要紧，人好是最重要的。

你外孙快出生时，你早早地赶到我这里，带来了很多给我坐月子的食品和一大包婴儿衣服及尿布。我们太年轻，居然都没准备婴儿衣服。你嫌我穿得不好，当时离预产期只有两个月了，你专门坐两个小时公共汽车（当时在修路）去合肥市里买了裙料，让裁缝给我做了两条裙子。我的同事夸你眼光好，我穿着很漂亮。整整两个多月，你不但照顾我还照顾小宝宝。你是那么喜欢他，总说他将来肯定有大出息，看着就聪明，你那么欢天喜地。遗憾的是当你听到有关我丈夫的闲言碎语后和他家人的一些不可思议的做法时，你是那样痛苦、生气，你变得越来越多疑。其实并不是哪个父母都会像你这样疼爱孩子、像你那样要强的，也不是谁都会那么有自尊的，所以你无法理解一些事情，我也同样无法理解你。你一心想来保护我，而且认准了某些你想象中的事。我们开始了没完没了的争吵，因为我只相信，我的人生只能由我自己来处理和掌握。事实上我也很痛苦，不忍看到你伤心和难过。母亲，你自己奔波辛劳了一辈子，希望我能被好好地保护、疼爱着——可这是多么的不现实啊！我一直不太理解你的那些猜疑，那些过分的做法。可随着年龄的增长，随着我自己女儿的成长，我越来越懂你……母亲，那是因为你太疼我，世上不会再有像你这样疼我的人了。

出殡那天，当我跪下时，我再也忍不住地喊出深藏在心底的话："妈，你不知道，我是多么的爱你呀！"

母亲，我是多么的爱你，我爱你的自强、爱你的坚韧、爱你对儿女们的爱和付出！每当我在人生道路上感到软弱无助时都会想到你，你不管遇到什么困难都是勇往直前的，是你让我变得坚强！可你这么突然地离我而去，我感到好心痛，尽管过去这么多年了，我仍然很痛！我一直在梦里和你交流、和你相拥！

母亲，父亲因病离世后，我劝你来德国看看，我下决心一定要让你和我宁静地过一段时间。但你说年纪大了，害怕坐飞机，当时你快七十了。母亲，你始终很节约，尽管你有自己的房子和退休费。你这么省吃俭用让我心疼，却又无法去改变你。你屋子里塞满了我们的旧衣服，你说扔掉可惜。最后我整理你的遗物时居然还看到了我中学时穿过的两件衣服，那是你给我买的，其中那件浅棕色花纹的衬衣我当时很喜欢，每次穿你都会夸奖一番，说很漂亮。

我最后一次去你住的小区走走，想默默地向你作最后一次告别。在你常去的小区活动场地，你的邻居伙伴认出了我，她说你感觉身体不太好了，所以常出来锻炼身体，你说这样就不用麻烦儿女。母亲，你为我们辛劳了一辈子，作为儿女却没想一想你已是八十岁的人了。作为女儿，实在很对不起你，我既不能给你安慰，更不能陪伴你，还让你为我操碎了心！

其实我一直有个心愿，就是和丈夫找一个安静优美的地方这是我们回国后第一次回国探亲。当时我们一大家人东分西散地四处生活。我父母带着大孙子在杭州余杭生活，我哥离开银川国企去广州寻找机会，并不顺利，这时也回到了杭州父母身边，在这找工作。别的家人们在银川生活。因为我们的这次探亲，大家都赶到余杭，相聚在一起。除了我弟，因为公司事务实在脱不开身。这张照片就是这样拍摄的。

不过几年后我哥、弟两家人都陆续在杭州工作和生活了，也都有了自己的新住房。我父母一直帮忙照看两个小孙子。

这是我们出国后第一次回国探亲。当时我们一大家人东分西散地四处生活。我父母带着大孙子在杭州余杭生活，我哥离开银川国企去广州寻找机会，并不顺利，这时也回到了杭州父母身边，在这找工作。别的家人仍在银川生活。因为我们的这次探亲，大家都赶到余杭，相聚在一起。除了我弟，因为公司事务实在脱不开身。这张照片就是这样得来的。

不过几年后我哥、弟两家人都陆续在杭州工作和生活了，也都有了自己的新住房。我父母一直帮忙照看两个小孙子。

那次我和女儿从德国来上海和丈夫团聚，然后一起去看望我母亲。记得我们兄、弟、妹三对加上我女儿一起去饭店吃了饭，我哥嫂回去了。我弟突然来了兴趣，问是否有兴趣钟山去转转，有个地方挺漂亮的。于是我们到了这里，让人为我们拍下了这张照片。

这是个比较幽静的地方，游人并不多，走进去有树林、还有一片湖水。我和母亲坐在湖边，内心挺平静。母亲问我："德国怎么样，好不好？"这是她第一次问我，因为她一直盼望我能早点回到中国，回到杭州。我指着向前面的树丛、还有那片湖水看看，母亲指指说，其实德国风景也很美，和这里差不多，挺好的。

母亲第一次这么心平气和地说："呃，你来德国挺不错呀！"不过她还是说，我们一定要回去，中国还是好。那天的情景永远清晰地留在了我的脑子里。

那次我和女儿从德国来上海和丈夫团聚，然后一起去看望我母亲。记得我们兄、弟、妹三对加上我女儿一起去饭店吃了饭，我哥嫂回去了。我弟突然来了兴趣，问是否有兴趣开车出去转转，有个地方挺漂亮的。于是我们到了这里，让人为我们拍下了这张照片。

这是个比较幽静的地方，游人并不多，走进去有树木，还有一片湖水。我和母亲坐在湖边，内心挺宁静。母亲问我："德国怎么样，好不好?"这是她第一次问我，因为她一直盼望我能早点回到中国，回到杭州。我抬头向前面的树丛，还有那片湖水看看，用手指指说，其实德国环境优美，和这里差不多，挺好的。

母亲第一次这么心平气和地说："呃，原来德国挺不错呀!"不过她还是说，我们一定要回来，还是中国好。那天的情景清晰地留在了我的脑子里。

外孙子比较理解奶奶，他总说他是最像奶奶的，有激情，也很操心。只要他在上海，总会抽出时间去杭州看望奶奶。这是出事那年儿子和丈夫在杭州过春节时留下的照片，当时我同女儿们留在德国。出事前三周，儿子正好在上海，一个人专门去看奶奶，两人很开心地待了一天，晚上儿子又坐高铁回到上海。但是万万没想到母亲会突然离我们而去。

外孙比较理解奶奶，他总说他是最像奶奶的，有激情，也很操心。只要他在上海，总会抽出时间去杭州看望奶奶。这是出事那年儿子和丈夫在杭州过春节时留下的照片，当时我因为女儿仍留在德国。出事前三周，儿子正好在上海，一个人专门去看奶奶，两人很开心地待了一天，晚上儿子又坐高铁回到上海。但是万万没想到母亲会突然离我们而去。

好好陪你几天，和你轻松愉快地待在一起，而且我已选定了千岛湖。如果你的外孙女，她在德国上大学，能来中国一起那更好。可是一等再等，最后还是留下了终生遗憾。

你出事前一个多月，我们哥嫂、弟和弟妹计划了一次郊游，约在我弟家碰头。由于从上海到杭州的路上堵车，我们晚到了。我一进门，你就从沙发上站起来满足地对我笑，这是你留给我的最后一个慈祥而满足的微笑。以前你也是这样，看到我就露出这样的笑容，像是遇到了什么大喜事似的。然后就使劲打量我一番，开始抱怨我这么瘦或者脸色不好，没有把身体照顾好，为什么把自己搞得那么辛苦等。每次去看你前，我都会试着把心情调整得高兴一些，怕你又问“为什么不快乐，对妈讲”。那次郊游并没有选对地方，上山下山的不适合老年人，人又多，尽管一路溪水潺潺，古树参天。我看你走得很辛苦，我们搀着你。你弯着腰努力地和我们走了好大一会儿，这天我突然感觉到你不那么硬朗了。平时你太要强，只要能顶得住，你是绝不会示弱的。走到一个平台的地方，那里也有卖小吃的。你说我们继续往前去，你在那里等我们，我弟留下来陪你了。你的三个子女好像一直都很忙，真是难得陪你，难得聚在一起。兜了一大圈回来，你手里拿着一杯豆腐串，看见我从山下上来，爱惜地看着我问：“饿了吧，要不要一串。”我看了你一眼，心想：在你眼里我始终是那个四十多年前的女孩，你生怕这个女孩受委屈。可是，母亲，其实你给我最多的是你那不服输的性格、你那无比强大的韧性，这些在我人生的道路中给予了我极大的帮助。

母亲，你希望我快乐，希望我健康，我一定会照顾好自己，快乐地生活。你的孙辈们也个个都很出色，放心吧！我不哭了，我要慢慢地让自己从悲伤中走出来……

安息吧，母亲！我爱你，深深地爱你！

在路上

在路上

我的一生似乎都在路上
我也习惯了旅行，喜欢在路上的感觉
其实人生就是一场旅行
不必去在乎目的地
重要的是看沿途的风景和看景的心情
让心灵去旅行吧！

德国古城——罗滕堡

德国北部的一个朋友打电话，说南部有个不错的城市叫罗滕堡，值得看看。我们于是找了个好天出发了。

其实罗滕堡离我们家只有一百公里，当我看到罗滕堡的牌子时，出现的仍是加油站、住区、小店等。我们把车一直开到了最里面的停车场，这时看到的是一道厚厚的城墙，有几辆马车停在那里，一些日本游客也和我们一样好奇地打量着周围。进了城门，里面全是古老的房屋。饭店也好，小手工艺房也好都是小门小窗，短小的街巷却是整整洁洁；白色、红色或浅黄色的墙壁也干净得像是刚刷过似的。此时我们仿佛是置身于另一个人世间了。

不一会儿我们到了中心小广场。广场上的那座老酒馆是这座城市的典型代表，上面有一只钟表是一六八三年安装的。关于这个酒馆有着这样一个传说：一六三一年老市长应了天主教将军的条件，一口气喝下了三又四分之一升葡萄酒（用啤酒杯盛的）而止住了天主教军队的进攻，保住了罗滕堡市。自一九一零年开始，每天十时至十五时，二十时至二十二时正点钟敲响时，钟表左右的两扇窗子自动打开，每个窗口站着一个人物塑像，右边的那个手握一只大啤酒杯。随着钟声的停止，两扇窗子又自动关上。

这就是广场上的那座老酒馆。每个窗口站着个人物塑像，右边的那个手握一只大啤酒杯。

这就是广场上的那座老酒馆。每个窗口站着一个人物的塑像，右边的那个手握一只大啤酒杯。

这是罗滕堡城墙的一角。整个罗滕堡城墙被完好地修缮、保存了下来。

这是罗滕堡城墙的一角。整个罗滕堡城墙被完好地修缮，保存了下来。

我们在市中心看了看，那些现为药店、饭店的建筑都是十三世纪至十六世纪间建造的。每座楼的建筑结构并不完全相同，所有的窗口都是簇拥着各色鲜花，红的、黄的、粉的、紫的，它们甜甜地向游客们招手微笑；蓝蓝的天空把屋宇和街道衬托得更加明净。市里好像除了游客，没有什么当地人，也没有汽车，这样的氛围现代城市是不会有的。

旁边那座庄严、古老的市政楼是一二五零年至一四零零年建造的，前门部分为文艺复兴时期的建筑风格，修建于一五七二年至一五七五年，拱廊则是一六八一年加建的。市政楼上有座高塔。这座塔楼的特别之处在于它没有自己的塔基，而是建筑在市政楼顶的三角墙上的。站在塔顶，你可以清楚地看见罗滕堡原来是坐落在一个山谷里。那道古城墙把罗滕堡严实地围了起来，好像在告诉人们它将永远守好这座古城。城内没有一个现代建筑，绿树穿插其中。从上往下看，整个城市像一把打开的伞，只是这把大伞打了无数块大大小小不同程度的补丁。红色的新瓦便是这些补丁。旧瓦新瓦的形状、大小、颜色原是完全一样的，只是因风雨侵蚀，老瓦早已变黑或变棕色。再向城墙外看去，平滑的山坡、山顶是层层农田、森林以及一座座新房，一幅寂静、柔和的图画。

中世纪犯罪博物馆是座四层小楼，建于一三九五年。现在展示的是一〇〇〇年至十九世纪的欧洲，形形色色的刑具应有尽有。从扎满钉子的针椅到为保证女人忠诚带锁的铁制三角短裤（前后各一孔）；有肉体拷打的重刑具，有铁制的羞辱人的面具。比如，饶舌妇会被戴上长舌头上翘的面具；猪面具则是针对有肮脏行为的男人的；甚至对卖出不足量面包的面包师也有刑罚……大部分刑具都配有背景图片，很形象地描绘了中世纪欧洲人形形色色的刑罚。

我们还去参观了一个教堂，这个教堂建于一三一一年，一四八五年才完工。也和大多数教堂一样，教堂里面金碧辉煌，庄严神圣。罗滕堡还有其他教堂和博物馆，规模、历史不同，种类不一。比如洋娃娃和玩具博物馆，各种手工艺房等。罗滕堡的每个建筑都有它的故事。罗滕堡因地震和战争被毁坏过，一九四五年至一九七〇年被彻底修复。

离开古城之前，我们从某个城门登上这座坚固、保存完好的城墙，绕罗滕堡走上一圈，想象着好几百年以前这里人们的生活情景，别有一番趣味。

游楚格峰

八月中旬，全家出去玩了几天，登上了德国的最高山峰——楚格峰（ZUGSPITZE）。早几年就听说了楚格峰，也有德国朋友从楚格峰给我寄来明信片，但从明信片上看到的只是天空和石头山，我也并不觉得什么，比比国内的秀丽风景，更觉得德国的风景也太一般了。

阿尔卑斯山脉有很多山峰，楚格峰是德国境内最高峰，海拔 2964 米。早餐后我们就出发，沿着阿尔卑斯山底汽车往上前进着，我们看到阿尔卑斯山脉都是秃顶，连绵起伏葱茏茂密的山脉，突然到了顶部就秃了，还能看到上面的雪。

我们先坐齿轨火车上山，两辆火车挤满了人，儿子唉声叹气，这么挤的火车在德国我也是第一次经历。听说因为这天是今夏（除六月热了几天）的第一个热天，平常也没有那么多人。火车爬了没多长时间，就听见有人叫“艾博湖（Eibsee）”，我赶快向右边看出去——一湖蓝蓝的水。水是那么蓝，和天空的蓝一色一样，就像天空上落到山谷里的一块蓝宝石；它那么晶莹剔透，群山围住了它，谁也走不到它的边上去，可是看了一眼后就再也忘不了了；它一尘不染，不受任何外界干扰，那么宁静，我的心震颤着。

通过一个长长的隧道，火车把我们送到了冰河，它是楚格峰的底部。这里让我们觉得像到了天上，天是那么的蓝，只有几朵淡淡的白云，旁边山坡上有不少人在滑雪。我们脚下是大大小小的石头，也有小溪流，两个孩子跑去玩雪、捡石头。我环视周围的秃石峰，它们奇形怪状，雄伟壮丽；我摸着脚下的石头，想着自己和这石头是一样的，也是大自然的一物，人们真该像这些“天上”的石头那样朴实。我拍了几张照片，不想此时恰从楚格峰方向滚过来一团云雾，只得等云雾过去再拍。前面有一座小房子，其实不过是德国人花园房子那么大，但由于它是建在楚格峰下面，成了德国最高的也是有名的教堂。我们翻过大石头，走了一段雪地，走近了这个教堂，它确实很小。

在冰河逗留了一会儿，我们又坐缆车到了楚格峰。它真高，我的头像顶到了蓝天白云，一会儿雾气沼沼，云海翻滚，一会儿我们又能一览群山的雄姿。还有一些鸟停在楚格峰的顶端，不时地还飞几圈。只是这天到顶上的人确实太多，少了“相看两不厌，只有敬亭山”的那种味道。这里的游人不全是来自德国，因为奥地利也有缆车通到楚格峰。站在楚格峰顶（金光闪闪的十字柱地方）能看到四周的风光——德国、奥地利、意大利、瑞士约百个阿尔卑斯山峰尽在眼前，当然要在天气最佳情况下才能看到。

我们坐缆车下山，这比坐齿轨火车快得多，我再一次仰望高耸入云的楚格峰，体会着天地的合一，天人的合一。

这就是鹭格峰顶金光闪闪的十字架。

丈夫和儿子就站在十字架旁边。我和女儿在对面较低的山峰上拍下了这张照。

这就是楚格峰顶金光闪闪的十字柱。

丈夫和儿子就站在十字柱旁边。我和女儿在对面较低的山峰上拍下了这张照。

黄河之城——兰州

这次回国能参加中国《海智计划》在兰州举办的志愿者服务活动，确实很高兴。我没想到兰州是这样一个甜蜜可爱的城市。飞机降落前看到下面一浪一浪连绵起伏的黄色山岳，心里还纳闷：难道兰州是一座未开发的落后城市？慢慢地飞机降低了，我隐隐约约地看到东一块、西一片的绿色田地，也有稀稀落落的房屋——是农家吧。

出了机场，放眼望去，雨后的清新空气让人感到心旷神怡，清澈明净的蓝天下横亘着豪迈、粗犷的山脉，宽敞明亮的机场像是荒漠上的一颗明珠。机场前那匹飞奔着的雕塑马神采飞扬。

宽阔的高速公路穿行在几乎不毛的群山之间，公路两旁的各色蜀葵正怒花开放，她们在群山的衬托下显得更加娇嫩、鲜亮。这种花在德国我家的花园里却从没尽情地开放过，看来兰州才是蜀葵花的最好家园。为了绿化，兰州人民在山上修出了层层梯田，稀稀落落的幼树在梯田上顽强地坚持着。由于缺水，要引上黄河水来浇灌，听说每一处都要重复种植几次才有望成活，我不由得在心里赞叹兰州人民坚忍的意志。

一进入兰州城，首先看到的竟是气势磅礴的黄河。一股亲切温暖之情油然而生。也许我在宁夏生活过吧，自然对黄河有种特殊的感情，有句话“天下黄河富宁夏”，由于宁夏的特殊地理位置，黄河滋润着宁夏大片土地，使得宁夏成为“塞上江南”。兰州市里街道宽敞整洁、次序井然，没有太多摩天大楼。坐在饭店里，看着窗外浓浓的沙黄色的水缓缓流淌着，真是感到畅快之极，像是专为我而流，黄河水流进了我的心窝里！

来到黄河边，只见滔滔黄河水势不可挡地往前冲去，而这里的人们居然对这汹涌澎湃的黄河水不足为奇，个个悠闲自得。一对年轻夫妇在给小女儿喂西瓜，对我露出淳朴的微笑；而一群孩子则在黄河边筑古堡、玩泥沙，他们连凉鞋、球鞋都不脱，在河水里踩来踩去，看到这幅图景，我既激动又开心，我和女儿脱了鞋，把脚泡在黄河里，体验着黄河水的滋味。

傍晚，黄河两岸灯火交相辉映，喷泉飞舞，有人载歌载舞，有人谈笑风生。我们去看了“天下黄河第一桥”，即中山桥。这座桥当时由清王朝和德国签约，采用德国材料，是德中两国工匠合作建造的。一九零九年六月，第一座铁桥横跨在兰州黄河之上，结束了兰州无铁桥的历史。大桥在美轮美奂的灯光下突显它的独特之美，此时，梦境和城市交织在了一起！

坐船游览黄河两岸的奇山异峰，令人赏心悦目，目送着飞速而过的滔滔黄河水向远方驶去，仿佛整个身心都融进了黄河里。第一次看到黄河两条支流（泾河和渭河）的交界水，由于这里的特殊地理条件，形成了一种有趣的现象，泾河的水很清澈，而渭水却很浑浊，看到这如此分明的蓝黄泾渭交界水，感到震惊不已，不得不惊叹大自然的神奇造化。原来“泾渭分明”这个成语是由此而来。而“千山鸟飞绝，万径人踪灭”的黄河两岸竟能看到牛羊低头吃草，不由得令人奇思妙想起来，这些精灵使我们在兰州举办讲座期间，受到兰州图书馆的老师和工作人员的热情招待，给我留下了极深的印象，非常感谢！

我们在兰州举办讲座期间，受到兰州图书馆的老师们和工作人员的热情招待，给我留下了极深的印象，非常感谢！

在兰州讲座结束，我们一家三口人利用在兰州的机会，坐旅游船游览了黄河两岸的别样风景。黄河两岸真是奇山异峰、美不胜收。

兰州讲座结束后，我们一家三个人坐游船游览了黄河两岸的别样风景。黄河两岸真是奇山异峰、美不胜收。

得画面显得无比安详！

兰州的文溯阁——四库全书馆是兰州人民的骄傲。“文化大革命”时期因怕国宝被毁，兰州图书馆工作人员受中央一领导指示，用七辆卡车，历尽千辛万苦偷偷地从沈阳把文溯阁搬迁到了兰州。现在这个优雅壮观、古色古香的楼阁是二零零六年才新建成的。在蔚蓝的天空下，耸立在山巅之上，有绿色植物呵护的文溯阁，显得格外光彩夺目！

黄河——这位伟大的母亲养育着勤劳朴实的兰州人民，给我留下了深沉美好的回忆。

意大利之行

五月，我女儿的小提琴老师要带他的女儿和学生去意大利参加国际音乐合奏比赛，这四个女孩参赛的是四人小提琴合奏。比赛场地正好在威尼斯附近，于是我们几位家长在小提琴老师的组织下顺便一起去游玩了一趟。

儿子小的时候，我们去过意大利的弗罗伦萨和罗马。弗罗伦萨是座充满着文化和艺术气息的古城，到处都是古典优雅的教堂和建筑，大约都有六七百年的历史，里面有雕塑和绘画，记得当时每参观一座古建筑，我都会惊叹不已。在罗马我们去看了著名的角斗场和罗马大教堂。不过有个小插曲着实可爱：两个警察看见我儿子就非常喜欢地问他，想不想坐在他们的摩托车上。儿子有些紧张但还是点点头，一个警察把儿子抱到了他的警车上，留下了永久的纪念。

我们的宾馆就在海边，孩子们除了排练准备参加比赛，还能去海边游泳。天气棒极了，灿烂的阳光、温柔的海风、滔滔海浪声，还有可口的意大利面食和色拉。我们抽出一天时间去了威尼斯，正好让孩子们放松一下，以便更好地参赛。

早都想去威尼斯，从德国开车过去，也不算太远，这次正好利用了这个机会，感到很高兴。威尼斯是个水城，给人一种诗情画意的氛围：蜿蜒的水巷，流动的清波，还有那唯一的交通小船——贡多拉。我们走遍了大街小巷，参观了一些富丽堂皇的教堂、钟楼和宫殿。但有些房屋看上去已经年久失修比较破旧了，猜想大多数居民已搬出了这座水城。我们还看了一些手工艺商品店，商品有玻璃水果糖、狂欢节面具等，我还带回来一个面具作为纪念。听说威尼斯每年的狂欢节搞得轰轰烈烈，有些人会专门赶去看，不过，我对狂欢节的兴趣一般般，肯定不会赶在狂欢节去的。

比赛这天大家来不及吃早点就开车赶到参赛地，然后老师带着孩子们排练、参赛。来自七个国家的约一百五十个合奏队参加了这次国际比赛。这天这四个女孩表现得出乎意料的好，她们站在台上，互相配合着，沉浸在音乐里，像是在欣赏什么，毫无紧张感；表情的互动也极佳，结果拿了一等奖。女孩们捧着奖杯兴奋不已，这时才想到要找地方吃饭。可我们在市内转来转去绕了一大圈也没有找到一个能吃饭的地方，几家餐厅午休不开门。

于是只得驱车往城外开，小提琴老师懂些意大利语，找人问路，我们尾随着他的车在乡村道上左拐右弯地终于找到了一家饭店——一座坐落在乡村田野上的宽大结实的木房。里面坐满了人，好不热闹。老板娘高大白净，穿着鲜艳、满面春风。由于里面没座了，她让人在院子里为我们准备了一排长桌。明媚的阳光下，微风习习，进进出出的顾客个个喜气洋洋地互相打着招呼，每个人都是笑眯眯的。这个场面让我仿佛回到了那个遥远的童年老家，感到开心极了。

小提琴老师自豪地给我们翻译着菜单上的名字，有玉米煎饼、猪排、牛排、各种炸鱼和小蘑菇等。坐在院子里，周围是空旷的田野风光，老板娘热情地招待着我们，孩子们个个美滋滋、乐呵呵的，享受着比赛后的快乐和别有风味的美餐。

第二天一早我们就离开了意大利，除了海风、海浪和梦幻般的水城，乡村饭店朴实的风土人情也给这次旅行增添了美好的回忆，我们在意大利和孩子们一起度过了一周轻松愉快的时光。

伦敦之旅

这次和女儿在伦敦玩得好过瘾，好久没这么开心了。我们几乎走遍了伦敦，游览了不少地方。女儿迈着两条大长腿，走得很快，我紧跟不舍。她还动不动来一张自拍，留下了许多珍贵的纪念。

女儿十九岁，在上大学，好像突然长大了，这次的所有行程都是她安排的。她在网上定了火车、汽车票和便宜机票，找到了伦敦中心的便宜住宿。那几天她指哪我跟哪，完全由她摆布。可是一年多前还不是这样，我处处充当保护她的角色，不管到哪都是我带着她，她听我的。

我们半夜起来赶飞机，早晨六点到达伦敦时居然还兴奋不已。由于下午才能入住，我们只得提起精神，吃点东西就去逛街。女儿找来地图，我们不停地走着，看着，好奇地观察急急行走的伦敦人，观察他们的穿着举止，观察一座又一座目睹了历史荣辱和兴衰的大英帝国辉煌雄伟的古建筑。饿了我们随便进小餐馆吃点，累了就在咖啡店坐下歇歇。遇到有趣的事，我们会开心大笑。

我们把几天的日程安排得满满的，该看的地方一个没落。我们从早到晚都在路上，游览了伦敦桥、英国伦敦大厦、白金汉宫等。有生以来我第一次欣赏了英国画廊，看到了十五世纪到十八世纪文艺复兴时期的精湛灿烂的油画杰作。站在十九世纪著名印象派画家莫奈、凡·高的名作前，让我产生种种联想，我脑子里映现了一幅幅真实的图景……

不过这次旅行让我俩最震撼最感动的要数歌剧《歌剧魅影》“The Phantom of The Opera”了！女儿知道我喜欢看歌剧，就提前预订了剧票。这部歌剧讲述了一个十九世纪发生在法国巴黎歌剧院的柏拉图式的爱情故事。一个毁容的音乐天才魅影，他爱上了年轻可爱的女舞蹈演员克莉丝汀后就决定不遗余力地帮助她，并教她唱歌的技巧。魅影因为自己可怕的相貌不敢露面，戴着面具却学识渊博，他神出鬼没，躲避世人惊异鄙视的目光。他以鬼魅之姿制造各种混乱，干涉歌剧主角人选，直到克莉丝汀被打造成一名耀眼的明星。

最初了解到这个故事还是我在上海参加英语培训时，一个加拿大外教在鬼节派对上，戴个面具扮演了那个天才魅影。当时我还觉得有点不可思议，后来终于知道了这个故事，再看歌剧时不由得更加激动。

我在德国看过几次歌剧，感觉很享受，和看电影的感受完全不同。歌剧是把歌唱、现场乐队演奏和芭蕾舞编织在一个个感人的故事里，看歌剧能欣赏到多种艺术感受。不过，不知为什么英语歌剧比德语歌剧更具感染力，也许是因为不同语言的韵调不一样吧。歌剧对男女主角的要求很高，他们基本上决定了这场歌剧的精彩程度，当然还有舞台布景等。以前我对柏拉在欣赏奥斯卡—克劳德·莫奈 Oscar—Claude Monet 的作品。莫奈是法国印象派画家。

女儿在巴黎读研究生时，我们去看她，专门坐火车去莫奈的故居看了莫奈花园。莫奈花园分水园和花园两部分，别有一番魅力，他认为有些画画的是他的花园。

下面这两张照片就是我们去参观莫奈花园时，我用手机拍的。

在欣赏奥斯卡——克劳德·莫奈 Oscar-Claude Monet 的作品。莫奈是法国印象派画家。

女儿在巴黎读研究生时，我们去看她，专门坐火车去莫奈的故居看了莫奈花园。莫奈花园分水园和花园两部分，别有一番魅力，他的有些画出自他的花园。

下面这两张照片就是我们去参观莫奈花园时，我用手机拍的。

这是在伦敦剧院里，女儿的自拍照。

其实这个剧院并不大，没想到看到了如此精彩的歌剧。

这是在伦敦剧院里女儿的自拍照。

其实这个剧院并不大，没想到看到了如此精彩的歌剧。

图式的爱情故事不能很好地理解，觉得不过是文学家们的想象而已，看完这部歌剧后被深深地打动。男主唱宏大磅礴的歌声振荡着整个剧场，女主唱宽广高亮的声调如夜莺。他们完全沉入了角色，用缠绵动情的歌声倾诉着郁结在心中的情感，我的整个身心被他们深深地牵动着，他们把这个爱情故事诠释得如此感人至深。有些场景像幻觉、像在梦里。还有绝妙的音乐，时而温柔委婉，时而雄浑激昂，这是一种怎样的享受！女儿落泪了……后来女儿在巴黎读研时，我去看她，我们也看了一部歌剧，不过感觉不如伦敦看的这部。

在上海时看过一部越剧《红楼梦》，是两个孩子送我俩的圣诞礼物，在网上预定的。我猜想这是儿子的主意，他在上海实习和工作过，中文学得极好。他知道我读过几遍《红楼梦》，还送我一套英语版《红楼梦》的书，所以就让他爸陪我看了。一个地道的北方人看越剧也真是难为他了。那也是一部震撼人心的歌剧，让我泪流满面，看完久久地沉入其中。可能《红楼梦》太长，男女主唱是四个，上半场的林黛玉和贾宝玉和下半场是不同的演员，唱的都极为精彩。这两部剧是我看过的最好的歌剧。

感谢儿子的提议，让我们实现了这次旅行。这次旅行给我足足地充了一次电，让我带着欢乐和朝气迎接新一年，让我从失母的痛苦和失落中振作起来。

感受上海

我一直认为中国最美的城市是杭州，“上有天堂下有苏杭”，何况我的老家亲人都在杭州或杭州周边。杭州西湖的美是众所周知的，早有古诗曰“水光潋滟晴方好，山色空蒙雨亦奇。欲把西湖比西子，淡妆浓抹总相宜。”“接天莲叶无穷碧，映日荷花别样红”等，对西湖无与伦比美的描述。沿西湖漫步真是诗情画意、惬意极了，不过如果现在有人问我最喜欢去的地方是哪里，我会毫不犹豫地说：“上海。”是的，我去过很多国家的很多城市，给我带来如此美好回忆的城市是上海。自母亲离我而去后，杭州留给我了很多感伤，那里有太多的回忆。

出国前，我来回于宁夏和杭州的路上，经过几次上海，只是走马观花匆匆看过而已，并没有留下什么印象。记得一九九四年回国探亲，带儿子去上海旅游，那时浦东只有金茂大厦和新建好的东方明珠。为了看东方明珠，我们排长队乘简陋的小渡船过去，当时陆家嘴正在开发中，路面还泥泞不平。后来每次回家探亲总要去上海看看，只有惊叹。二零一一年探亲去上海玩了一周，一家人不亦乐乎，兴高采烈地觉得什么都新奇，我们还在南京路坐了小火车。后来每次经过南京路时看到游客们坐在小火车里乐呵呵的样子，就会情不自禁地回想起我们坐小火车的情景。

上海的变化是举世瞩目的。在陆家嘴，浦东新区的黄浦江畔，东方明珠电视塔旁那三根耸入云霄的摩天柱：上海中心大厦、上海环球金融中心和上海金茂大厦，就是闻名于世的上海标志。还有上海的地铁每两分半钟一趟，通往上海各个方向；座座黄埔大桥和条条黄浦隧道无一不展示着上海的超级现代化。这些作为旅游者都是能看得见的，不过我想谈谈在上海的生活感受。

十分有幸，我能在上海生活一些时间，因为丈夫和几个德国同事被德国公司委派到上海的分公司工作了几年，这样我也就能更多地认识上海了。

在上海我们有过几个住所，在上海青浦住过半年，因为女儿在那里的一个德国中学上学，我们住的那个小区全是豪宅。我们住在一个台湾开发商买的住房里，有一次那个开发商告诉我，他在那里有三套住房。那个小区静悄悄的，进进出出看不到什么人，可能全是汽车进出吧，小区里有整洁漂亮的小花园，不过我不太喜欢那里，过于冷清。

后来我陪女儿在德国完成高中学业，丈夫住在浦东金桥宾馆，因为他在外高桥保税区工作，比较方便，我则两边飞。宾馆每周有三次清洁，有一个固定的清洁工打扫我们的房间。她来自四川农村，丈夫是建筑工。她和丈夫带儿子和婆婆住在租的简易民工房里，离宾馆约五公里路，她每天骑车上下班，宾馆给清洁工包早中午饭。她有一个十五岁的女儿留在农村外婆那里。她说，等攒够了给儿子盖新房和装修在农村的那套旧房子的钱就不做了，其实那时她儿子才七岁。

她刚过四十岁，中等个，身体挺结实，干活麻利，我深深同情她生活的不易。回德国时，我把我和两个孩子所有不穿的衣服，用行李箱带到上海送给了她。她很感激，说她女儿的中学同学很羡慕她，而我儿子的衣服她则说太好了，舍不得给她丈夫穿，带回去送给了她侄儿，她侄儿十七岁。

后来住房合同到期，我们搬到金桥中心的一个公寓里，那个小区里住了不少外国留学生，常见这些年轻的留学生在旁边的一家经济又实惠的兰州面馆吃饭。这次给我们打扫卫生的是一个来自宁波的农村妇女，四十多岁。她、她哥哥和妹妹三家人都在上海打工十几年了，并且都在金桥附近买了房子。她丈夫做装潢工作，她开始几年陪女儿在家，女儿上中学后她出来做清洁工。我认识她那年，她女儿刚考入上海大学，她是我见到过的幸福指数最高的女人。她总是自豪地说，她当时十四万买的房子现在涨到三百多万了。我离开上海时把我养的一盆花送给了她，她告诉我她在上海崇明区又买了一小套房子，贷了一点款，并说那里的房子一定会涨价。

我们最后一年住在陆家嘴滨江花园，沿江两岸有豪宅、豪华宾馆、居民房、建筑工人简易房。傍晚我喜欢沿江散步，有时往东方明珠方向走，有时则反向。浦东江边每天都有很多人散步，也有很多跳广场舞的大妈。有好几次我一个人沿江朝东方明珠反向一直走下去几公里，江边除了跳广场舞的和散步的人，还经常有自发的音乐表演和舞蹈表演，我会坐在长椅上或台阶上欣赏一会儿。我注意过那些三三两两散步的人，听他们的口音，大多是外地人，从穿着看，应该有不少是在上海打工的。这时，我总会由衷地感到欣慰，为上海感到自豪。暮色降临，黄浦江两岸灯火这张母女照是女儿上大学前照的，当时丈夫住在金桥，我们去看他。我们在旁边的一家理发店理了新发型，兴高采烈地去外滩看夜景。在上海就像是度假。

这张母女照是女儿上大学前照的，当时丈夫住在金桥，我们去看他。我们在旁边的一家理发店理了新发型，兴高采烈地去外滩看夜景。在上海就像是度假。

辉映，波光流溢，加上往来的轮船和大小船只；还有那一座座架在黄浦江上、闪闪发亮宛如彩虹的大桥——一幅美妙极了的动感画面！此时此景，我总会想：拥有如此梦幻般美景的不只是富人，每个居住在附近的人，不管是住在豪宅里，还是简易建筑民工房里，都能享受这样的梦景。

回德国那年，浦东江边建起很多免费的木质休息厅，差不多每两公里就有一个，右边是厕所，左边是一个可以休息和阅读的大厅，里面有图书都是捐赠的。后来我回德国时把我的一些旧书也赠给了其中的一个休息厅。

在上海的生活是令人愉快的，非常便利。吃的用的、中餐西餐、东南西北各种风味应有尽有。我从不挑食，中西餐什么都吃，但中国人的胃还是惦记着中餐。我自己也做，但在上海时我每周必定会出去享受一两次中国美食，哪怕是家常便饭，吃起来也是有滋味的。

上海的文化生活十分丰富，有各种博物馆可以去参观，各种大小音乐会经常可以去欣赏。我看过几场音乐会，真是享受！其中一场是美籍韩裔莎拉张的小提琴独奏音乐会，十几年前就希望能看到她和另外两位驰骋琴坛、世界最优秀的小提琴家的音乐会了，没想到在上海如愿以偿。女儿拉小提琴的十几年中，我们实在没少听她们的光盘，能看到她们的现场音乐会实在不易。

在上海还看了一场精彩无比的越剧《红楼梦》，好好地过了个瘾，真有点此生无憾的感觉。早些时候看过电影越剧《白蛇传》和《梁祝》，留下了极深的印象，也因此对越剧情有独钟，越剧那极具江南灵秀之气、柔情似水、真切动人的唱腔让我着迷。这场《红楼梦》让我惊喜万分。

上海还有大大小小各具特色的公园和植物园，周末明媚的阳光随便去哪一个公园，都是令人赏心悦目的。我们去了不同的公园游玩，那里的景色总是让人开心，有小桥流水、各种花木，有的公园还能轻舟荡漾。有一次我们去一个森林公园散步，下起了毛毛雨。深秋时节，蒙蒙细雨中，色彩缤纷、姿态各异的树丛静静地倒影在弯弯曲曲的水塘里，笼罩在烟云之中；我们穿过小树林在江边走了很长一段路，也看到不多的几个漫步的人，真是别有一番风趣，我仿佛走在了小时候的路上……在上海常常有种回到故乡的感觉。

有时儿子会来上海出差，他工作的德国公司在上海有分公司；而女儿上大学假期肯定来上海团聚，我们会去逛外滩、田子坊。田子坊别具一格，那里还生活着老上海居民，有很多艺术小店和作坊；那里能看或买到出人意料的画或艺术品，我儿子和女儿很乐意去那里，买了一些非常别致的小画和小物品，他们还买了一个手工制作的小红皮包作为圣诞礼物赠送我，我一直保存着。我喜欢浏览三四十年代那些穿着旗袍、风姿卓越的电影明星像和一些出人意料、难得一见的画；留恋于那里拐来拐去的街道和小巷。小时候我喜欢拿点压岁钱——那差不多是我一年的零用钱了，和小朋友去逛街，那些大街小巷仍记忆犹新。

住在滨江花园时，我会一个人花二元人民币坐渡轮去江对面走走看看，对面不远就是豫园。这座有四百年历史曾遭蹂躏摧毁这是兄妹俩在上海外滩的自拍照。女儿假期在上海，正好儿子也来上海玩儿，于是一家人有了在上海团聚的机会。其实这样的机会是极少的，因此这张照片还挺难得。

每次儿子或女儿来上海，我们都会尽情地享受一下上海的独特情调，品尝各种美食，去逛外滩、田子坊或公园等。上海很特别！

这是兄妹俩在上海外滩的自拍照。女儿假期在上海，正好儿子也来上海出差几天，于是一家人有了在上海团聚的机会。其实这样的机会是极小的，因此这张照片还挺难得。

每次儿子或女儿来上海，我们都会尽情地享受一下上海的独特情调，品尝各种美食，去逛外滩、田子坊或公园等。上海很特别。

后又修复的园林，也是一个旅游景点。平时那里人并不太多，我会在那里欣赏一下假山石，回廊曲桥，池中游鱼，还有参天古树。有时也徘徊于各种店铺，买一条漂亮的围巾，有时并不买什么东西，只是闲步逛逛看看而已，然后穿过周围的老居民房，漫步回到渡口，站在渡船上观赏江景，欣然自乐。

有个布料百货商场很特别，似乎只是外国人去，中国人很少，我们一家人都在那里做过衣服，我女儿高中毕业典礼上穿的那条漂亮的红裙子就是在那里做的。我在那里做了第一条旗袍后，就喜欢上那里了，也喜欢上了旗袍。那里有上百家店铺，各种各样的布料应有尽有，进到商场会让人眼花缭乱。我的第一条旗袍是在一楼的一家浙江人店铺里定做的，因为感觉那里的旗袍很精致，式样齐全，就看中了这家店铺。在国外待了这么多年后，才发现旗袍有多美。这种光滑柔软、闪闪发光、色泽鲜艳的丝绒、织锦和绸缎在国外是见不到的，更没有裁缝给你量体裁衣，绣上你喜欢的美丽图案。旗袍的设计含蓄而优雅，我每年都去做一条，真是好好地享受了一下作为一个中国人穿旗袍的感觉，几乎所有德国驻上海领事馆举行的庆祝活动，我都会穿旗袍去参加，穿在身上感觉自豪无比，中国人的旗袍是别样的美。

在上海有时坐出租，我会和出租车司机闲聊。我遇到过各种各样的出租车司机，有上海人也有外地人。有几个给我留下了较深的印象，说说其中两个吧。

一次，我看一个司机黑黝黝的皮肤，挺健壮，看上去四十来岁，平静而温和，就问老家哪里？他告诉我是安徽人，快五十了，在北京开了十年出租，一家人在北京生活。因为两个孩子的高考又回到安徽开了两年车，儿子考上了上海的一所大学，女儿则上了上海的一个大专学校，就来上海开出租了。现在儿子大学毕业，学计算机编程的，年薪十万。他们已在青浦买了住房，他满足地笑笑。

另一位是上海司机，他说，不要小看那些修高速的外地人，他们现在挣的比出租车司机多了，常有人来坐出租车，总是带着得意的表情问他们一月挣多少钱，一天要开几个小时。因为现在修高速越来越机械化了，每天的工作时间不需要那么长了。其实这些外地人来打工，经过这么多年的拼打，过上舒适的日子也是应该的。

不过，在上海我也有过不愉快的经历。有一次，丈夫的一个德国同事对他说，他的交通卡被出租车司机偷换了，我们还不相信。后来丈夫的一张近千元的交通卡也被换了，换回来一张空卡，他每天坐出租车上下班，于是我们就在卡上做了记号。快回德国时，我想这样的司机毕竟很少，就没做记号，结果卡被一个年轻的出租车司机换了。当时我看他突然从腿上拿出一张卡给我时，我就觉得有问题，但没有证据，卡没做记号。这真是一个令人遗憾的经历。

在上海逗留的时间里，我去参加了英语培训，正好满足了我想学好英语的愿望。学员中大多数是二三十岁或三四十岁，百分之八十多都是外地人，我的年龄应该算是最大的吧，但没关系，学习不分年龄。我偶尔会和坐在我旁边的学员攀谈一下，他们有的已在外企或中企工作较长时间，有很好的工作经验了，基本上已在上海定居。有一个学员，约四十来岁，中等身材，沉着自信。他得知我来自德国，就说他一年前刚从一个德国公司换到中企，他在不同的外企工作过，觉得还是德国公司最舒服也最人性。我问那为什么还换了，他说换到中企后提升了，工资也涨了。有的学员在酒吧或小商店工作，还在找机会。有个男生老家在山区农村，十七岁出来打工，他已在广州的一个酒吧工作了十年，想在上海再积累一些经验，以后想自己开酒吧。有的学员则还是在校大学生。有一个学员三十多岁英语专业毕业，做会计工作，她说贷了款来学英语，想再提高一下自己的英语水平。她有一个小女儿，由两家住在外地的父母帮助照看。她夸我这么苗条，而她总要减肥，所以总得买新衣服。有一次我问她怎么这么长时间没来上课了，她说正忙着追星呢，没时间过来。不知道她追的是哪位明星，实在不能理解。

我前前后后认识的外教有几十个，他们来自美国、英国、加拿大、澳大利亚、南非和菲律宾等。有的在中国生活了十几年，也有在中国安了家的；有的则来中国旅游几个月，顺便做临时外教挣些费用。和他们的接触中也了解到一些不同国家的文化背景和风土人情。我就来谈谈其中的几个吧。

在青浦的半年，我去虹桥的一个英语培训中心学习英语，在那里认识了几个外教。其中有一个来自美国，他教学认真、长得也挺精神，中心一般的重要节目都交给他。他来上海之前在俄罗斯教学生活过两年，还给我们看了他在俄罗斯的照片，也有他的俄罗斯朋友的照片。曾有学生问他有没有女朋友时，他开玩笑说，他恐怕不会有女朋友了，因为他身上有十几种血统，也得有一个有十几个血统的人才合适，并说他的外婆有俄罗斯血统。难怪他去拜访俄罗斯。其实后来我认识的美国外教，都比较骄傲，他们大都对俄罗斯人是有成见的，显然这个美国人是例外。他给我上过小班课，告诉我他的生日和他去日本旅游的感受。

陪女儿完成高中学业后，我又回到上海，去了金桥英语培训中心，因为那时住在金桥。在那里我认识了来自不同国家的外教，其中有一个加拿大外教非常引人注目，因为他在四个不同的中心代课，课教得好，有一帮学生追他的课，他在哪个中心教课，就有学生坐地铁追到哪儿，绝大多数是女生，而且上完他的课就不上别的外教的课了。于是他上课的教室几乎满座，而别的教室则空出来一半。有的外教拐弯抹角地说，是追他这个人，因为他是单身、长得又帅。不过他教得确实很好，又很认真，还写着一手流利漂亮的英语字体。追他的人，毕竟只有少数几个。他有一套教案，共有八十个讲义。有一次我问他能不能把他的讲义发给我，他当着全教室的学生笑着说："那样你就可以从早到晚不花钱学英语了。"不过他还是发给了我，我把它们打印出来，非常得意地很用功地自学他的讲义。几周后，他对所有学生说，谁想要他的讲义就告诉他，因为他已经发给个别学生了，应该公平。

很多学生都有他的微信，估计应该有好几百位学生吧。有人问他，是不是同性恋，为什么一直不找女朋友？他说他最没有可能是同性恋，他不找女朋友自有道理。他会定时地给学生提些问题互动，或发一些英语惯用语和俗语，还有名词、动词的固定搭配等，上课时也会找出一些例子来解释，对提高英语有很大帮助。有些俗语我永远不会忘记，例如：

Age Is Just A Number

年龄只是一个数字

The Last Straw

最后一根稻草（压断骆驼脊背的稻草）

Take Something With A Grain Of Salt

持保留态度，不全信

我总在就近的那个培训中心上课，一般步行过去，两三公里路，既然去了就把晚上的三节大课都上了，上大课不受限制。不管是谁上，听听总归有好处，而且也可以了解一下不同外教的文化背景。比如有一个苏格兰外教喜欢教一些英语歌词，这些英语歌我基本上都听过，但歌词并不太清楚。在滨江花园居住时，这个加拿大外教也在那里代课，他每次上课会让几个自愿的学生朗读，我当然会举手，这是最好的练习机会。他是教我最长、教我最多、在上海给我留下印象最深的人。像他这样认认真真、竭尽全力教学的老师并不多。

还有一个美国黑人外教，在香港工作生活过。他从不在黑板上写什么，总是天南地北地不停地讲，常讲一些笑话和一些奇异的故事，因此他得到了一个“幽默大师”的雅号。他也会讲一些他的经历，比如说他的一个奶奶被美国的三 K 党暗害了，因为 3K 党是非常排斥黑人的。还有美国 911 事件，他亲眼目睹，因为他在那座大楼工作。当时幸亏他和前美国女朋友出去吃饭了，回来时惊愕地看到了那场恐怖场面。因为这事他和他美国女朋友决定离开美国出来看看，但他女朋友最终选择回美国生活。后来他在上海成家了，有一个也在英语培训中心工作、来自河北的中国妻子和一个五岁的儿子。有好几次他非常自豪地说，他早已在上海买了房子，而且他中国的岳父岳母是和他们一起居住的。他自己的母亲已经不在世了，在中国的十年里他只回美国两次，尽管他非常自豪他是美国人。

他非常赞成美国公民拥有枪支的政策，他说这样可以自卫。我常和他辩论，因为我俩的观点常常有分歧。比如他还说男人都不会喜欢既聪明又幽默的女人等等言论。

有三个来自南非的白人外教都声称绝不再回南非了，其中一个在沈阳生活了五年，在那里和一个中国女孩结婚，夫妇俩一起来上海英语培训中心工作。他们讲，南非的白人近些年来在南非受到很大歧视。

有几个外教对我说，一眼就能看出我是有不同经历的人，对着我说了许多赞美的话，我总是笑笑。

我接触过的外教基本上都有学士或硕士学历，后来相当一部分人都换到了国际中、小学或国际幼儿园去了，因为那里的工资更高。

上海的生活是令人难忘的，现在我想讲一讲另一件非常特殊的经历：我德国邻居好朋友的女儿去中国曲阜的一个功夫学校学习太极和功夫。她的腿在一次小事故中被烫伤，也没有及这就是德国女孩，即我朋友的女儿，另一位是主任医师唐洪泰教授。

那次我朋友的女儿伤口愈合后，我们去医院归还那个新型仪器时，很巧，在电梯口碰见了唐教授，就留下了这张纪念照。我和唐教授只在医院里打过几个照面，他给我的印象是：不多言语，非常的平易近人。

这就是德国女孩，即我朋友的女儿，另一位是主任医师唐洪泰教授。那天我朋友的女儿伤口愈合后，我们去医院归还那个新型仪器时，很巧，在电梯口碰见了唐教授，就留下了这张纪念照。我和唐教授只在医院里打过几个照面，他给我的印象是：不多言语，非常的平易近人。

女儿上大学后，我和丈夫在上海生活。假期女儿一定会飞到上海回到我们身边。

在德国，作为大学生都会在国内或国外做实习。女儿在柬埔寨Cambodia的一个德国银行工作了半年。后来又通过一个德国基金会去非洲工作了三个月。这张照片是女儿从非洲回到上海，我们去浦东机场接她时，丈夫拍摄的。

随着时间的推移，我越来越喜欢这张相片，上海浦东机场给我们留下了很多记忆！

女儿上大学后，我和丈夫在上海生活。假期女儿一定会飞到上海回到我们身边。

在德国，作为大学生都会在国内或国外做实习。女儿在柬埔寨（Cambodia）的一个德国银行工作了半年。后来又通过一个德国基金会去非洲工作了三个月。这张照片是女儿从非洲回到上海，我们去浦东机场接她时丈夫拍的。

随着时间的推移，我越来越喜欢这张照片，上海浦东机场给我们留下了很多记忆。

时医治，开始腐烂化脓了，她母亲希望我在上海找一家医院给她女儿治疗。如果是一般的朋友，我一定会拒绝，应该回德国治疗，毕竟这个责任太大。但恰恰这个朋友，我无法推脱。一个复旦大学教授的妻子给我们推荐了上海长海医院，因为她的手烫伤过，在那里治愈的。于是我们去长海医院挂了号，交了预支费，立即得到了诊断。主治医生看了化脓的伤口说很严重，好在伤口在大腿上，如果伤口再低一些靠近膝盖，那恐怕连腿都保不住了，并给出了治疗方案。因为伤口化脓太深太大，需要从屁股上取下一块好肉补在伤口上，就是说，会有两个手术，两个伤疤了。我们打电话去和她的父母商量了一下就签了字，同意这个治疗方案。

第二天，我们被告知，主治医生换了一个在德国读过两年博士后的教授，他也懂一些德语，因为考虑到病人来自德国。他仔细看了伤口后，给出了另一个治疗方案。他说，伤口很严重、也很深，但好在伤口是长形的，不是圆形，所以不需要从屁股上取肉来补，可以用一种最新的治疗方法，让两边的肉愈合在一起。这当然是最好不过了，我们非常高兴。第二天就做了手术，很成功。为了让伤口更好地愈合，大小便都得在床上进行。同房共有七个人，每个床位都有帘子可以遮挡，大多数病人都是初期手术没成功，从外地转过来的。朋友的女儿还算乖，尽管语言不通还是待在床上，画画看书，也尽量少吃，因为在床上大便毕竟不舒服，也不雅观。我教会她几个最实用的中文单词，以便她可以告诉护士。我每天中午去陪她，吃完晚饭才回家。

一切都很顺利，一周后出院了，但仍然需要在家里继续养伤十天，不能走动。听了主治医生的建议，在她腿上日日夜夜要戴着一个先进的新型仪器，帮助伤口愈合。真是谢天谢地，一切都像医生说的那样，伤口愈合得挺快。她又能回曲阜了，我也是大大地松了一口气。

每次回想起此事，我总会对长海医院的谨慎安排、对这位主治医生的高超医术和丰富的医疗经验深怀感激；同时也确确实实感受到了上海医疗水平的高深。有时和这对德国朋友聊起来，他们总是非常感激地说："要是能亲自谢谢这位主治医生就好了！"

一个来自英国和一个美国的外教来上海前在巴西生活了一年。他们说，从巴西来到上海，就像到了天堂，生活方便，要什么有什么，还十分安全；在巴西时时都有被抢劫的可能。我没去过巴西，但上海确实是一个非常独特、了不起的城市。它至少有两千五百万人口；它对外开放、合作，包容着各种不同的文化。

上海没有南方人和北方人一说，作为一个奔波者，在这里既能感受到浓浓的故乡情，又丝毫感觉不到异乡人的困惑，还能体验多种文化氛围。上海，这个独一无二的都市，给予了我——一个漂泊的游子暖暖的安慰；想起上海，脑子里总是涌出种种场景，那些大大小小有灵魂或无灵魂的场景，带给我美好的回忆！上海给了我无比亲切的感受！

图书在版编目(CIP)数据

在路上：冯平散文集 / 冯平著. -- 北京：
民族出版社，2022.8
ISBN 978-7-105-16752-4

Ⅰ. ①在… Ⅱ. ①冯… Ⅲ. ①散文集－中国－当代
Ⅳ. ① I267

中国版本图书馆 CIP 数据核字 (2022) 第 159600 号

在路上：冯平散文集

责任编辑：宝贵敏
书籍设计：吾　要
出版发行：民族出版社
地　　址：北京市东城区和平里北街 14 号
邮　　编：100013
电　　话：010-64228001（编辑室）
　　　　　010-64224782（发行部）
网　　址：http://www.mzpub.com
印　　刷：北京盛通印刷股份有限公司
经　　销：各地新华书店
版　　次：2022 年 9 月第 1 版　2022 年 9 月北京第 1 次印刷
开　　本：880 毫米 ×1230 毫米　1/32
字　　数：250 千字
印　　张：7
定　　价：65.00 元
书　　号：ISBN 978-7-105-16752-4/I · 3166（汉 2914）

该书若有印装质量问题，请与本社发行部联系退换。